Gaea

兔俠

vol.9 第一家族

護玄——著

兔俠 vol.9

目錄

兔俠

「人物簡介 CHARACTERS」

青鳥．瑟列格▼第六星區

金髮碧眼、擁有一張娃娃臉的20歲熱血青年。
喜愛正義、討厭壞蛋，夢想成為正義組織的一員！

琥珀．沙里恩▼第六星區

黑髮，擁有罕見湖水綠眼眸的16歲少年。
個性冷淡、有點不善交際。

兔俠▼第七星區

處刑者。性別男，大白兔布偶，白毛紅眼睛。
非常認真嚴肅，忠於自身信念。

黑梭▼第七星區

處刑者。黑髮褐眼，變化後轉為紅眼。
看似輕佻，但其實相當會照顧人。

茆·菲比▼第六星區

處刑者。金棕色的長髮與雙眼，是個可愛的少女。
開朗、大而化之。對自己人很好，有點排外。

沙維斯▼第六星區

霸雷能力者，曾失去一段記憶……
眼與長髮都是淡灰色。冰冷不易親近，堅守正義。

噬·巴德▼朱火強盜團

朱火團長之一。黑髮褐眼，左臉有火焰圖騰。
為了達到目的，可以使用任何手段。

美莉雅安奈·巴德▼朱火強盜團

朱火副團長之一，橘髮褐眼，左臉有火焰圖騰。
冷漠高傲，只服從噬的命令。

波塞特▼第六星區

芙西船員。炎獄能力者。年幼時曾被擄至實驗室進行研究。

個性大而化之、容易衝動的熱血青年。

海特爾▼第六星區

波塞特兄長，在佩特的餐廳當服務生。

個性溫柔親切，但體內被藏有「鑰匙」而生命遭受威脅。

第一話▼▼▼印記

「這是什麼地方？」

「我哪知道！」

走了大半天，青鳥兩人好不容易終於找到個像是出口的破洞後，順勢離開圖書館。

之所以會說是破洞，是因爲他們發現幾扇被封閉、無法出去的門，強行破壞還引起警告聲響，本來有點頭痛，但後來又在一扇牆上找到像是被某種兵器打破的大洞。

似乎是許久以前造成的破壞，大洞碎片是向外散落，通往外面的道路被踩得一片凌亂，看來也有人曾被困在圖書館內，從裡頭破壞了一條路出去。但奇怪的是，這種地方應該要有自動修復設置，或是有人造人進行處理，可是那個洞完全沒有被收拾的跡象，維持著被破壞後的狀態。

反正兩人想破頭也想不出所以然，就這樣離開圖書館，往前尋找其他夥伴。

走著走著，又進入一個怪怪的大空間。

一眼望去很像座落在城市中的條狀商店街，滿滿設計精美的櫥窗門市，以及擺放整齊的各式商品，不論是男女服飾、家具鍋碗，甚至是零食小點，都像是剛被放進玻璃窗供人參考似的，然而一個人也沒有，整座縮小城市空有仿造古代星球的懷舊商街，卻沒有任何生命。

「不覺得有點恐怖嗎？」

青鳥邊走著，邊看向身邊的美莉雅，這麼空蕩讓他有種寒毛直豎、背脊發涼的感覺，好像裡頭隨時可能會蹦出個不像人的東西。

「恐怖什麼？」美莉雅冷哼了聲，「沒人反倒不恐怖，至少是安全的。」危險環境下，她最不想看見的就是人了，人比任何東西都還要可怕，特別是那種肚子比誰都還要黑的人。她寧願自己一個人待在什麼都沒有的鬼城裡面，也不想跟那種人同處一室。

「……這麼說也是啦。」青鳥抓抓腦袋。確實，以他們現在的處境，沒人還比較安全，不然又跑出像圖書館裡面那樣的人造人就糟糕了。雖然有琥珀給的震盪系統，但也不知道能用到什麼程度，這些人造人看起來智商就是很高，沒有琥珀的調整，震盪應該很快就無法使用了。

說到系統……

「這裡好像可以更新地圖耶。」青鳥打開隨身儀器，果不其然看見自己的系統已經開始更新所在地情報，之前琥珀幫他安裝的程式正在快速運作著，描繪出他們所在位置與這片街道的詳細設置。

雖然已經能夠更新，卻無法聯絡上其他人，就連大家的位置都顯示不出來，看來只是開啓了像是導覽般的地圖功能。

「給我一份。」美莉雅立刻將自己的儀器連結上，複製系統地圖。

看著專注研究起地圖的女孩，青鳥還是忍不住地開口：「妳之前說能操控雙兵器的就是阿克雷，到底是……」

「你們第四家族難道都不知道嗎？怎麼會這麼蠢！」美莉雅沒好氣地抬起頭，環著手，看著面前的大蠢蛋，「塔利尼家族可是有繼承家族遺志，要將世界還原給第一家族，所以噬說我們一直都在想辦法滅掉那些不知羞恥的髒東西。後來噬救回一名與第一家族有關係的人，她告訴噬關於第一家族的部分眞相，還有雙兵器的事情——這世界除了第一家族，就只有阿克雷能夠操作了，畢竟那是他自己製造出來的東西。」

「但是琥珀說過阿克雷死了。」青鳥沒忘記在船上聽過的那些。

「你傻啊，我們所謂的『阿克雷』，指的不是初代的『阿克雷』。」看著令人有火的愚蠢呆臉，美莉雅嘖了聲，壓抑下自己想打上去的拳頭：「繼承『阿克雷』一切的人，包括兵器指揮權，就是現在的『阿克雷』，他們是一樣的東西。」

「琥珀才不是複製人！」青鳥腦子一熱，反射性就喊出來，接著他才意識到自己說了什麼，立即全身毛骨悚然了起來。

他還眞沒有想過這個可能性。

但是如果……

「誰知道他是什麼人，我們只要知道他是『阿克雷』就夠了。」美莉雅鬆鬆拳頭，甩過頭，照著地圖往街道另一端走去，「這樣一來……嗞也可以解脫，實在是太久了……」

雖然聲音很小，但青鳥還是聽見了少女低喃自語的字句。

不知道爲什麼，青鳥有種說不出來的奇怪感覺，也沒辦法細想，現在更想要見到的是琥珀，然後好好保護他。不論「阿克雷」到底是什麼，自己還是要陪在他身邊，不然琥珀就眞的孤單一人了。

兩人又沉默地走了一段。

青鳥邊看著地圖，上面附有一些簡略的說明，剛剛急著弄清楚位置沒有仔細閱讀文字。上頭顯示這裡確實是舊商街，是人們在漫長的旅程中因懷念母星的生活而搭建的，一眼望去，商店內至今還保留著完好的各種物品，甚至食物看起來仍新鮮美味，就是不知道在海底過了數百年之後還能不能食用。

正在想像初代人類是怎樣在這裡生活時，青鳥突然聽見細微的機械聲，雖然很小，但在死寂的環境中響起，突兀得令人無法忽視，就連美莉雅都注意到了。

美莉雅朝青鳥豎起指頭，瞇起眼睛，弓起身體，像貓一樣無聲地往聲音來源處靠近。

兩人靜悄悄地來到不遠的一間服飾店後門，確定聲響是來自於側邊的小巷內，他們便躡手躡腳地往裡頭看進去，就這麼看見了裡頭正在掙扎的小機器人——那是個看起來非常粗糙老舊的小骨架動物，樣子似乎是仿造貓或狗、以粗劣手工製作，即使路過踩到也不會覺得可惜。

就這樣一個掉在路邊不起眼的東西，不知爲何會在這種沉寂街道中突然重新啓動。

和女孩對看了眼，青鳥確定周圍完全沒陷阱後摸了上去，撿起那個小東西翻看，沒看到開關，不過中間的能量石倒是在碰一下後就讓整個機器靜止下來。

「這上面寫什麼？」青鳥翻看骨架，看見內側的支架被寫上不少字，看著是古代母星文字，偏偏自己沒有研究那麼深入，看不懂意思。

「我哪知道。」一樣看不懂的美莉雅冷哼了聲。

「那上面寫的是：這是一位叫作斐羅的人擁有的護身符，擁有這個護身符，就不用擔心被陰影裡的鬼抓走啦。這是很常見的自製玩具喔，護身符也很普通，騙不敢睡覺的小孩用的。」

「原來如此。」青鳥點點頭，果然是小孩子的玩具。下一秒，他才驚覺那聲音並不是來自於身邊的美莉雅，身側的女孩早就揮出武器，一臉鐵青地看著上方。

站在屋頂上的是一名幼童，看不出男女，與圖書館的少女一樣，穿著古老款式的服裝，那雙令人毛骨悚然的湖綠色眼睛正眨巴盯著他們看。

「又是人造人嗎。」

孩童露出大大的微笑。

「是呦。」

就在美莉雅要對幼童進行攻擊時，似乎不將他們的警戒動作放在眼中，幼童突然站起身，拍拍衣襬，動作與普通人類沒什麼不同。

「等等。」看小人造人好像沒有要對他們怎樣的意思，青鳥有些奇怪地按住美莉雅。

「你有什麼事嗎？」

「嗯。」小孩點點頭，「從你們的數據可以辨認出來是誰帶你們進來的，所以我代表來對你們發出最後的警告喔。」

「警告什麼？」青鳥皺起眉。

「在你們死絕之前快點都出去比較好。」保持著笑容，孩子歪著腦袋，「你們想要做什麼，我們都曉得，世界是不可能因此改變的，不論是想恢復從前或是想要改變往後，不如快點趁著有限的時間回去和身邊的人相聚吧。」

「我們就是想要來停止這些的。」青鳥思考了下，說道：「你能自己思考吧？」

「是的，在這裡的人偶都能獨立思考，但是我們不會聽你的話，所有人都擁有造物者賦予的使命。」小孩張開手，上面出現點點湖綠色的光，以及浮空視窗畫面，「老實告訴你們，目前還能運作的母艦人偶尚存萬具，小工廠持續製造，你們是無法敵過我們的。」

「哼，不過就是人造人，用能力隨便都可以碾死你們。」美莉雅冷哼了聲，絲毫不將這種東西放在眼裡。

即使是能力者，她也不會退縮。

「妳以為我們就沒有所謂的能力嗎。」回以一記邪氣的笑容，小孩猛地揮手，銳利的風刃直接將青鳥兩人腳邊的空地切出一道深且長的痕跡。「不過就是這樣的力量，這裡所有的人偶都能使用喔，完全～不希罕。」

看著腳邊的切痕，青鳥吞了吞口水，「你們都是能力者？」他還以為只是強力一點的人造人，如果都是有能力的，那他們能夠從圖書館逃出來真的很僥倖。

「我們全部都是人造人呀，只要使用造物主留下的數據，就可以製作和我們相同的物種，要植入力量是很方便的，將設定做好就能輸入，比起人類方便多了。」小孩轉著手上的風，像是小玩具般地把玩著。「雖然我們存在的時間不久，但對付你們這種不退的入侵者已經足夠了。」

「別太小看我們，當心把你們活動數據都震盪掉。」美莉雅抬起手，準備用最快的速度將這具人造人比照先前辦理。

聳聳肩，小孩不以爲然，說出了青鳥先前也預想過的話，「煩請兩位才別小看我們，在兩位進行震盪後，我們已經將所有運行程式同步分析並修改，現在同樣的程式對我們已經無用——除非你們立即編出相應的新數據，但我看兩位的樣子是做不了這種事情吧。」

「將你們破壞掉就不用那麼多廢話。」

就在青鳥兩人還在猶豫之際，一雙手毫無預警自小孩身後伸出，在人造人還未來得及反應之前，硬生生將幼小的頭顱擰碎，並沒有因爲對方幼童的外貌而留情。

「克諾！」

美莉雅看見熟識的人，鬆了口氣。

「快離開這裡。」並沒有美莉雅的鬆懈，克諾瞥了眼旁邊的青鳥，「走！」

雖然不知道對方看見什麼，但青鳥其實也有種非常不好的感覺，這時候根本計較不了敵我的問題，直接跟著其他兩人的步伐一起開跑。

才剛跑出幾步，周圍商店突然陸續發出各種聲響，似乎有什麼正在從裡面甦醒，慢慢地開始伸展四肢活動。

就如同往日即將開張一樣，那些店家的燈火盞盞亮了起來，部分店內擺飾也重新運作，叮叮噹噹的音樂聲從櫥窗內響起，隔著一層玻璃飄出，準備招攬不存在的客人。

如果這是在平常的商店街中，青鳥可能會很好奇地一間間逛過去，並感嘆這些東西估計都不便宜；然而在這地方，他只覺得全身的雞皮疙瘩都要爆炸了。

這些店裡面如果都有人造人，集體跑出來他們可能真的會被圍毆到死吧！

「克諾，你知道怎麼離開嗎？」美莉雅看著佔地廣大的商店街，計算了一下三人的速度，不覺得他們能在短時間內逃離，可能要做好廝殺的準備。

「不知道，但是雷利知道。」克諾抬起手，讓女孩看見他手臂上的小片黑影。「這地方不能用儀器，全部都會被攔截改變，你們最好馬上把身上所有東西都關掉。」

兩人一聽完，分別看著自己手上的儀器，不知道什麼時候開始，上面的數據不斷自行變動，還下載了很多完全沒見過的奇怪符號，正在改動他們原本的設定。

不知道是不是琥珀的防護做得比較好，青鳥覺得自己的儀器沒有美莉雅被入侵得嚴重，保留了大部分的運作和設定，美莉雅的簡直從頭到底被改了個透徹。但還是不能使用了，想想他就把儀器全部關閉，以免引來更多可怕的東西。

「你看見其他人了嗎？」一邊奔跑著，美莉雅問道：「噬呢？」

「不知道，雷利要我們先過去，應該也找到他們了。」

聽著兩人的對話，青鳥雖然也想問問琥珀等人的狀況，但估計強盜團沒那麼簡單幫他找人，只能先跟著跑再見機行事了。

「妳沒事吧？」

在商店街中跑出一段距離後，克諾看著並行的美莉雅，問道。

「什麼？沒事啊。」突如其來的問句讓女孩覺得有些莫名其妙。

「哼，我們應該全中毒了。」掐碎突然從旁側陰影處撲出來的人造人腦袋，克諾沒有停下腳步，直接甩開手上的軀體，把擠出的黏液隨便抹在褲子上。「很細微，你們要再等一陣子才會發現。」

「真的嗎？」青鳥有點懷疑對方的話，他完全沒有感覺身體有什麼異常，在這之前，儀器也沒有警示有毒物的存在。

「克諾的身體很敏銳，他說有就一定有。」美莉雅嘖了聲。「看那些健康系統不準，有時候很難發現。」

青鳥抓抓頭，只好先暫定大家都中毒了。

就這麼邊跑邊清理掉一些人造人同時，四周的商店也逐漸變少。不知道是不是因爲懷念古老母星，商店街外竟然刻意銜接了一片小樹林，在那些被照顧到不自然茂盛的樹林之間，隱約能看見巨大門扉敞開著，連結著通往下一處地點的通道。

不曉得爲什麼，原本追上來的人造人在三人衝進樹林之後突然止步，並沒有再繼續尾隨冒出，就這樣放任他們離去。

青鳥這時候只覺得大事不妙了，根據經驗，這些東西不追上來只有一個原因——前面有比他們更可怕的東西。

阻止前面兩人之前，他們突然先煞車了。

經過重重的樹影、進入通道之前，青鳥等人看見好幾具奇怪的人造人以扭曲的姿勢橫躺在地面，外表看上去沒有被破壞的痕跡，但是每個臉色幾乎死白，雙眼大睜無神地瞪著上方，給人詭譎不祥的感覺。

「別管那些，先過去。」就在三人不知該不該越過這批詭異東西之際，通道陰影處走出了黑色的小貓，催促著：「不然這一區要封閉了。」

看見影鬼，另外兩人明顯放鬆下來，唯獨青鳥更緊張了。

跟隨影鬼進入通道，那些散亂的怪異人造人沒有任何反應，看來似乎已經損壞。不過那種壞法讓人看著真的很不舒服，青鳥一直覺得那些人造人看起來和人類其實沒有兩樣，所以更增加那種有點恐怖的感覺，不自覺連腳步都放輕了走過去。

小貓看他們靠近之後，兩三下跳上克諾的肩膀，收回影子，瞥了青鳥一眼，「我切割了影子分散出去尋找，也聯繫上噬，你們可以不用擔心……還有兔俠那些人。」

聽到影鬼這樣說，青鳥稍微鬆了口氣。

「但是，阿克雷找不到。」

接下來這句讓青鳥立刻整個人又緊繃起來。

小貓微微晃著尾巴，「阿克雷有意切斷自己的去向，沒有人能找到。」

「琥珀找不到？」青鳥皺起眉。

「畢竟是……」小貓停下話，警戒地看著正前方。

在那邊，一名持著雙劍的人靜靜立在通道的彼端。

□

「就是這裡嗎？」

波塞特看著手上儀器的指引，離開溫室後，進入一個巨大的白色空間。

這種白色空間的材質相當眼熟，之前他們也見過幾次，不過這裡似乎還有繼續在運行，白色的牆面及地板隱隱有著光芒，但不刺眼，是一種溫和的淡光。

白色空間的盡頭擺放著一些類似先前在潛水船中看過的玻璃棺，只是這裡的材質並不全然透明，有部分覆蓋了一層白，遮蔽視線，部分則是能看見裡頭安安靜靜地躺著人體。

這些玻璃棺數量並不多，大概二十幾具，有點出乎波塞特的預料，他還以為在這種專屬墓園裡，會有更多這類帶些紀念意味的遺棺，畢竟是特別規劃出來的區域，只擺放這些，看似相當可惜。

「請問訪客要探望誰呢？」

女性聲音猛地出現在後頭，完全沒有察覺的波塞特反射性往旁邊退開，才看見不知道何時，自己身後竟然跟著一名女子，穿著與現今星區女性相異的老舊設計服飾，漂亮的白皙面孔上有著雙湖水綠的美麗眼眸，昂貴又水潤的眸子正盯著他看，然後繼續說道：「雖然已經許久未曾有人來憑弔，但您想找的沉睡者依然在此，不會離去。」

雖然不知爲何會有個女人在這邊冒出來，不過感覺不到敵意。波塞特想了想，覺得對方可能是某種機器人之類的存在，於是大著膽子開口：「這裡是第一家族的墓園嗎？」

「否定，此爲貢獻者們的墓園，並非全然爲第一家族。」女人說著，便邁開步伐，像是講解般地領著訪客移動到附近的玻璃棺前，透明材質的裡頭，躺著一名婦人，面孔還有著微微血色，好像剛入睡不久，完全看不出是亡者。「此爲植栽專家、蘇菲莉雅沉睡之處。她在生前留下許多將母星植物改造爲能在此星球成長的重要貢獻，因此人類才能快速地在星球中繼續延續。」

「又如同這一位，是在動亂中唯一保留下珍貴元素，並加以保存、複製，重新在新世界中應用的專家瑪洛可。」

女人像是非常熟悉此地所有遺體，隨機給波塞特介紹了幾位。大部分波塞特都沒有聽過，但少數一、兩位在聯盟軍的歷史中還是有記錄的，不過都是比較無關痛癢的那種……看來一般人所熟知的歷史連這部分也都有變動過，改變的範圍比他們想像的還廣。

波塞特聽了一會兒，在女人停下介紹之後問道：「如果我要找第一家族的人，請問在這裡能找到嗎？」

總之，還是先看看傳說中的家族吧，這樣比較值回票價。

「否定，我無法帶您去見第一家族。」女人搖搖頭，「第一家族並無遺體。」

「……第一家族還活著？」波塞特突然有點毛骨悚然。

「否定，第一家族幾乎無人留存。」女人反駁了波塞特的話語，「第一家族無法被保存，請以思念作爲憑弔。」

「無法被保存？第一家族有什麼問題不能留下遺體嗎？」對於女人的說法，波塞特感到極度不解。他們可以特地開闢一個區域來保存各種偉人的屍體，卻沒有保存領頭的第一家族任何一具軀體？

這怎麼都說不過去吧？

不過這個問題顯然超過能回答的權限，女人沉默了下來，沒有回答他的疑問。

「……等等，那阿克雷的遺體應該有保存吧？」波塞特突然想起了另一個同樣被列爲神級的偉大人物。

「阿克雷·蘭恩，確認死亡後遺體歸回原本所屬的家族。蘭恩一族的墓園擁有高級守護，您無參觀授權，無法進入。」這次女人倒是如實回答：「或許您可以考慮探望您的授權所能觀覽的被緬懷者。」

波塞特思考了半晌，「那麼代替阿克……不對，我可以看看『利十星』的遺體嗎？」如果沒記錯，應該是這個名字，與阿克雷有相關的人，還是大白兔的先祖。

「利家並無所屬墓園，不過十星先生的遺體被保存於特別貢獻區域，您可以往這邊走。」說著，女人身邊的白色地板突然打開了圓形的缺口，從那裡出現了向下的通道，照明已完全點亮，是白色的階梯，整體看起來明亮寬敞，似乎沒什麼危險。

都到這地步，波塞特也沒什麼猶豫，就跟著女人往下走，在他們兩人都走下階梯後，上頭的出入口重新關閉起來。

白色階梯走了一段後，便有更方便的接送電梯，圓盤的空間升降梯載著兩人飄出通道，進入了一處讓波塞特意外的深淵空間——他沒想到母船裡居然會有這種深不見底的巨大區域，幾乎有好幾座球場那般大，下方一片黑暗，只有朝上吹來的冷風與呼呼的空洞聲響，完全看不出底下有什麼。

圓盤載著他們飄了幾秒後，靠近某一處壁面，那裡同樣打開通道，讓他們飄入，銜接到另一條白色階梯之前。

因爲這些地方的材質和顏色幾乎一模一樣，讓人錯覺以爲和剛剛是相同之處。

跟著女人走上樓梯，上方果然打開了出入口，爬上去之後，又來到一個一樣的白色空間，裡頭也放著玻璃棺，不過這裡的數量比較多，有的上頭還刻著奇怪的圖案，有鳥的圖案、花草的圖案、野獸的圖案……每個不盡相同，有些看著像是某種家徽。

最後，他們停在一具透明棺前。

躺在裡頭被完整保存下來的，是一名面容平凡無奇的男人，那張蒼白的臉孔上完全找不出來任何能讓人記住他的特點，屬於尋常的普通長相。

「這確定是利十星嗎？」波塞特皺起眉，看著女人，「不對，妳弄錯了吧？」根據琥珀的說法，包括十星在內的幾名替身應該都是阿克雷的樣子才對，否則如何騙過別人。

「這位確實是利十星先生，他在生前曾經簽署過放棄面容的條約——有部分的被緬懷者不喜被人盯著面容品頭論足，特別是女性，即使評論的人爲後代也一樣；所以我們擁有一系列制式化面孔可以選擇，請看類似的三號面孔也應用在這位安德烈先生的身上。」女人指著附近一具玻璃棺，果然，那裡頭的男人與波塞特旁邊這具的臉幾乎一樣了，活像雙胞胎。仔細觀看四周圍，其實像這樣相似的臉還眞的不少，男男女女都有。

說眞的，波塞特還眞沒想到有這種方法。現今的人們，生前都會把自己的臉孔製作成最喜歡的樣子，讓他們死後毀容大概也沒多少人願意，每個人都巴不得讓自己呈現最完美的狀態，好讓後人欣羨。

這下子看來，和阿克雷替身相關的人都會使用這種方式，在死後把自己的樣子規格化，根本看不出所以然。

那麼也不用花心思想要檢查了，估計會露出破綻的地方根本沒有，他們很仔細地思考過如何處理自己的屍體，不會留下蛛絲馬跡。

「對了，我可以問十星是如何死亡的嗎？」看遺體很正常鮮活，波塞特心想應該是有修復過吧。

「腦部遭到瞬間破壞而亡。」這次女人倒沒有隱瞞，很直接地回答：「根據記錄，是在剎那間遭遇襲擊，傷重程度無法救治復元，也無法取得記憶模擬死亡時的狀況。」

「差不多那個時期還有類似的亡者嗎？」

「有的，前後百年間有數位相同死亡的記錄，然而有幾位並未將遺體存放在此處，而是交由其後人自行處理。」女人領著波塞特又轉到幾具不同的透明棺前。裡面果然躺著的也都是差不多的普通面孔，沒什麼特殊之處。

稍微逛了一會兒，波塞特覺得沒辦法找到什麼線索，只能轉回對著女人：「謝謝，那我先離開了。」

正要邁開腳步時，女人突然快了一步攔在他的面前。

「失禮了，但您身上有特殊授權，在此我有義務保護您，接下來外面啓動了肅清系統會危及生命，請您務必留在此地。」說著，女人抬起手，白色空間的所有出入通道全數消失，只留下封閉的牆面。

「什麼意思？」波塞特本能性地繃緊了全身，掌中握住烈焰。必要時刻，他就得破壞這個可能是星球中最偉大的人們所聚集的地方。

「……『神的印記』，我們是如此稱呼。」女人勾起了淡淡的微笑，並未對波塞特的警戒有什麼反應，「您身上的授權是不可侵犯的，請您安心地待在此地，等肅清過後，我們將會送您離開此地。」

「那是什麼授權？」波塞特皺起眉，他可沒有聽過這種東西。

「如果需要簡易的說明，那便是此授權雖然無法動用第一家族的系統，但擁有最優先的獨立保護，無論發生什麼事，即使是第一家族的系統也不能任意加害您。」

看來應該是琥珀植入的某種系統。

波塞特原本還有點擔心在這種地方，身上所有儀器系統都不能使用，畢竟是母艦，肯定會有很多入侵控制他們的方式；只是他沒預料到琥珀居然連這種高級保護授權都放到他們身上了，這樣應該暫時可以不必擔憂其他人的安全吧，看來強盜團會比較倒楣一點。

雖然是這麼說，不過被困在這種地方也會讓人不太愉快。

「我不能留在這裡，外面還有其他的夥伴，所以請把門打開。」波塞特思考著不知道琥珀有沒有幫他們放一些方便的小鑰匙，好讓他可以從這裡闖出去。

「如果您堅持，我能護送您到下個區域，或許在那裡的守護者能夠負責您的安全。」並沒有強留波塞特，女性恭敬地讓開身體，重新在牆面上打開一條不大不小的通道。

「下個區域？」波塞特打開地圖，很快找到自己目前所在地，同樣也是被標示墓園的另一個空間，距離他最近的是一小座溫室，溫室附近有類似植物研究室的地方。「不不，我想去核心地區，如果用我身上的授權，可以到達哪裡？」

「神之印記可以讓您直接拜訪控制室。」

「那就去控制室。」

波塞特覺得，自己好像可以直接抵達終點了。

「但是，控制室目前列爲高度危險區域，我們無法保證您的安全。」女人有些遲疑。

「我等沒有高級授權，內部的狀況不在我們能夠取得的範圍內，最後一次開啓時並無活著的人類離開該地，如此您是否還要前往？」

「沒關係，我可以保護自己。」大不了，就是一把火燒光全部了。波塞特在心中打點了最壞狀況……其實也不算最壞，如果能這樣破壞掉所謂的兵器，或者什麼毀滅星區的武器之類的，對大家來說都是好事。

雖然母船上所見的一切都很珍貴，但是只要威脅到他珍惜的人，不管怎麼稀有，他都可以全部毀滅。

「那麼，請隨我來吧。」

女人打開了門，黑暗的通道在他們面前延伸。

□

「你們還行吧？」

噬停下腳步，看著後面的幾人。

「沒事。」沙維斯將長刀上的污漬甩去，然後無聲地收回刀鞘。

在他們身後，是大量被破壞的人造人，像是活人般的模擬人造體流出鮮紅色的血液，染紅了白色的地板，覆蓋一具又一具的破碎機體。

從入口處退進來之後，與同伴分散的幾人很快遇上第一波襲擊，大量人造人不知道從哪裡冒出來，包圍所有人。

即使在此處可以放心使用能力，還是花了他們不少工夫——因爲這些人造人竟然也能使用各種不同的能力，不只是沙維斯，幾個人對這件事都很吃驚。不過驚訝之餘，還是盡快收拾掉威脅。

「在下很擔心其他人。」收回攻擊甲片，大白兔晃著耳朵，看著他們進入的不明區域。

這裡像是個住宅區，有著大大小小的房舍。雖然在母艦中蓋房子似乎是多此一舉，但也讓人錯覺這不是在深海的星艦中，而是在土地上的普通住所；就連上方的模擬太陽看起來都非常眞實，還可以感受到舒適的熱度。

「哼……」弗爾泰並不想掩飾自己的不悅，對於其他人他也不想關心，眼下只想快點找回自己的孩子。

「剛才我們多少都中了一些毒素，這是暫時可抑制危害身體物質的藥物，都先服下吧。」沙維斯一進門就察覺到身體有細微異狀，估計毒物有潛伏時間，也不知道他們接下來還會遇到什麼，總之先把自己預備的抑制劑分給眼前的人。幸好大白兔並不是常人，也免去這類入侵傷害。「這不是聯盟軍的藥，是行者藥師製作，不用擔心對能力有影響。」

噬看著自己的好對手遞來藥物，挑挑眉，覺得滿有趣的，就很配合地服下抑制劑，也讓一直跟在身側的女性服下。

「不過接下來應該往哪裡走？」大白兔看著手上的儀器，母艦內部似乎有某種干擾，幾個人的儀器全都無法使用，被強制關機，現在對於裡面的狀況幾乎等於未知。

「先等等吧。」噬抬起手，讓從上方落下的黑影小鳥停在自己指尖上，「雷利正在幫我們找路。」

「那名影鬼。」沙維斯頓了頓，「正常的能力者在不解除能力的狀況下，力量不可能如此無止盡，或許你們應該……」

「我們知道。」噬勾起冰冷的笑容，「不用行者或聯盟軍來多事，我們會如何我們都很清楚，你們只要擔心我們會比你們還要先得到『母艦』吧。」

「母艦也不是隨隨便便就能夠讓外人得到的東西呢。」

幾個人停頓了下，這聲音並不是沙維斯也不是噬，聲音有些熟悉，但腔調又很陌生。

不知何時，奇異的住宅區通道前站著一個人，不僅僅是沙維斯沒有察覺到力量，幾個同樣沒有發現的人也都瞬間緊繃起來。

站在那裡的是名少年，身後揹負著一對精緻的雙劍。

但令大白兔等人比較吃驚的是，少年的面孔和他們熟悉的友人很相似，白皙漂亮的面容，還有那雙湖水綠的冰冷眼眸，就連身高身形都十分雷同，只是缺少了一些少年平常會有的不耐煩表情。

如果不是因爲穿著打扮與氣質不同，大白兔都覺得很可能是琥珀本人又在戲弄他們。

「看來『士兵』是抵擋不了諸位入侵者。」和琥珀很相像的少年緩緩抽出雙劍，然後勾起好看卻沒有任何溫度的笑容，「那麼，即將進行第一波『肅清』，代號E-15清掃作業立即開始……」

少年的話還沒說完，一股烈焰巨浪突然自他身側捲起，轉眼將少年完全吞噬在熊熊火焰當中。

「人造人垃圾。」弗爾泰握起了手掌，紅色的火焰開始蔓延到周圍民家上，燃燒起寂靜的古代船內居住區。

對他而言，不管這些東西在人們眼中有多珍貴，只要妨礙到他保護重視的人，他都會將這些燒盡。

就在弗爾泰要收回力量時，在火焰包圍的中心突然出現了另外一股不同於他的火焰之力，原先往外擴散的火海開始緩緩後退收回，逐漸集中於一點，最後重新顯露出他們以爲

應該要被燒得連灰都不剩的少年。

「我想是我失禮了。先自我介紹，我爲E-15，此區域的護衛長，因幾位沒有獲得任何授權便侵入本星艦生活區，我必須在此將爾等清除乾淨，就請你們乖乖去死吧。」握熄最後壓縮在掌心中的火焰，少年露出優雅的笑，「至於幾位就不用介紹了，對於人類的廢棄殘骸，我們向來沒什麼興趣。」

「塔利尼家族依照約定回歸，你總應該有這點資訊吧。」看著少年，噬偏著頭，取出了巴掌大的水晶球，「塔利尼的授權。」

少年看了看噬手上的水晶球，停頓了半晌，微微挑起眉，「數百年過去，塔利尼挑在這時候回來嗎？」

「『神』不也挑在這種時候讓『阿克雷』復甦。」收起水晶球，噬勾起唇，「塔利尼與第一家族同心，這個星球上所有的人都背叛了第一家族，依照約定，我們回歸來履行諾言。」

「實際上並非你們所想那樣呢。不過既然你都拿出這樣的東西……那也不得不放你過去了。但是其他人也是塔利尼家族嗎？看起來可眞不像。」少年抽出背後的雙劍，系統發動的流光在劍鋒上閃爍。

「不是。」回頭看了眼那些自詡正義的好人們，噬帶著虛仿向前走，擦過少年的肩膀，勾起冷漠的笑，「全殺了也無所謂。」

「看來也就是這樣了。」

幾乎同時，沙維斯揮出長刀，擋在弗爾泰等人面前，瞬閃出現在前方的少年雙劍正好劈在刀身上，發出不祥的碰撞聲響。

「你們快走！」沙維斯從剛才開始就發現少年身上有一種難以探測的力量，並非單純的火焰之力，而是更多、更深，幾乎超越高階能力者的深沉巨力。他從未在星區大地上見過這種多重性能力，應該說，力量過於強大的能力者越有可能失控，所以最初基因改造時，考慮到身體的強度與壽命，很少將能力者植入過多的力量。

然而眼前的人造人突破了這點，竟然擁有現代科技不敢製作的多種力量。

這種對手說不定連他都應付不了。

一邊的大白兔看著強盜團消失在住宅區的陰影中，又看了看已經與少年纏鬥起來的沙維斯，剎那間猶豫了。

「追！」弗爾泰倒是沒有什麼顧慮，一個閃身追著噬的後頭很快不見了。

「你也快去！」看著還在原地的大白兔，沙維斯甩開少年，拉出雷電在兩人中間劈出

間隔，將少年逼開一段距離才掙得眨眼時間驅趕大白兔。

很快地，少年又釘咬上來，雙劍差點就沒入沙維斯的胸口，遺憾地削開一大片布料，並帶出一絲血珠。

大白兔還沒來得及說上話，周圍猛地又開始擁現各種大大小小的陰影，剛才他們打退一波的人造人不知何時又群聚過來，陸續從各房舍中鑽出，像是巨大的蟻窩打開了門扉，數量比先前還要更多、更凶猛。

沙維斯接連抽空拉出幾道落雷都掃蕩不了多少，人造人像無止盡般密密麻麻地踏過同伴失去機能的軀體，慢慢將剩下的兩人包圍。

「別掙扎了，閉上眼睛安心地沉睡會好受一點。」

少年劍尖在劃過沙維斯喉嚨的同時，湖水綠的眼睛閃過一絲同情，「誰讓你們沒有在數百年前死絕。」

「那是因爲，人類的命一直都很硬喔。」

第二話▼▼▼火焰的訪客

因爲少年速度極快，非常難捕捉他的動作，所以那瞬間，沙維斯原本以爲自己的喉嚨會被削開，已經在心中做好了最壞的準備與預備發動極端能力強化整個身體。

但寒光閃下的同時，靈巧的雙劍突然碎開，銳利的碎片在他的脖子上劃出細小的傷痕，只流下少少的血滴，並未造成預想中的嚴重創傷。

「剛好路過不用謝了。」

不知何時出現在沙維斯面前的另一名少年放下手，沙維斯感覺到奇怪的炙熱力量收回少年手中，接著轉爲細微至難以探查。

人造人向後跳開，看著突如其來的不速之客。

沙維斯看著平空出現的人，無法確認是敵是友，對方有著一頭火焰色的長髮與烈焰般紅色眼睛，穿著打扮和現在星區的人差異相當大，有點像是更古老的母星人們日常的樣式，一件簡便的大衣外套，裡面是襯衫與黑色長褲。這人年紀很輕，多半與琥珀等人差不多大，卻有股狂傲凶殘的狠戾殺氣，就像他張揚的髮色般無法忽視，竟讓周圍擁來的大量人造人懼畏地退開一小段距離。

即使人造人想要壓抑不明冒出的恐懼上前，被少年猛獸般凌厲的赤色目光一瞪，又顫抖著往後退開。

「滾遠點，我懶得陪弱小的東西玩。」少年睥睨著周圍的存在，相當不以為然，「靠太近，殺光你們。」

釋放出的殺氣又讓那些人造人產生根本不應該有的驚悸，再次向後退開，連護衛長都不敢輕舉妄動。

「你是……」大白兔看著冒出來的少年，有些遲疑。雖然對方給人感覺渾身殺意，但那些戾氣並沒有指向他們，甚至剛剛還伸出援手。

少年有趣地看了大白兔一眼，有些自言自語地說道：「嗯……弟弟說不能隨便曝光名字，不然很容易被追查，就不能留在這裡太久，要聽弟弟的話。好吧，那我叫『天火』。真是麻煩啊，何必在意規則，如果有意見通通殺掉不就好了嗎。」

大白兔聽得一愣一愣的，瞬間反應不過來少年的意思，不過聽起來應該就是自我介紹了，只是後面那一段指的不知道是什麼。

無視於大量人造人群的包圍，少年歪著腦袋想了幾秒，走向E-15，然後在對方面前抬起手，手掌上出現了淡淡的微光，「如果看了這個還不走的話，就別怪我不聽弟弟話了，讓你們全部下地獄比較快。」

出示了奇妙淡光的同時，人造人護衛長像是愣了愣，隨即恭恭敬敬地收回雙劍，周圍的包圍也以最快速度散出更遠，一下子讓出了非常大的空間。

「很抱歉，我們不曉得貴客已經來到了母艦。」態度變得很謹慎的護衛長如此說道：「請問有什麼需要我們的協助？」

「不用喔，這兩個人我要帶著，弟弟說要讓他們順利到達終點。」少年——天火收起了光芒，「還有，『你們』爲什麼都長著很像的臉啊？」

「這是造物主爲我們設定的。」E-15有問必答地回答：「當初母艦發生變故後，最後留下的自動系統中有著維持一定數量護衛的生產區域，數百年來我們自行不斷汰換遞補『士兵』與『護衛』，使用的面孔模型也都是沿用造物主喜歡的樣式。」

「嗯……我不喜歡，雖然也是被做出來的，不過我和弟弟的臉不一樣。」少年朝大白兔和沙維斯招招手，示意人造人給他們開路。

「我們並無家人關係設定，只要執行我們的任務即可，外型與臉模都不具任何意義。」E-15抬了抬手，讓遠處大量人造人群散退離開。很快地，住宅區又恢復先前寂靜的樣子，似乎方才所有騷動都只是假象。

「爲什麼你們的臉模會和琥珀很像？」看護衛長已經沒有敵意了，雖然不知道天火爲什麼幫助自己這方，不過大白兔相信對方並沒打算害人，所以很自然地問出心裡的疑問。

「琥珀?不明白。但你們是與回歸的守護者一起進來，我想你指的應該是『阿克雷』。」E-15停下腳步，轉過身面對所有人，然後在空中拉出影像，「阿克雷．蘭恩，是我們的原始臉模。」

空氣中顯現出來的影像是名男子，面目清晰之後，不論是大白兔或沙維斯都有不小的驚愕。在大白兔眼中看來，那活脫脫就是個成人版的琥珀，而在沙維斯眼中看來，那幾乎是與伊卡提安同個模子印出來的青年面孔。

「在這裡所有護衛長使用的都是與我相同的臉型，我們依照編號，一共有五十位護衛長在各區域執行任務。」E-15補充地說：「母艦被設定的士兵總數量一共有三萬名，不只有人形，從動物到昆蟲皆有，所以請幾位還是盡早離去，否則我們還是只能進行肅清。」

沒想到母艦中竟然殘存這麼多人造士兵，大白兔在心中打點了下。就算不動用船上的武器毀滅世界，光是這群相等於能力者的人造人士兵就足以夷平星區，更別提他們有製造廠，能隨時做出更多類似護衛長這種強度的人造人。

不論如何，這整艘船若是落入強盜或是有心人士的手中，星區都逃不過一場浩劫。

想至此，大白兔猛地頓了下腳步。

「怎麼了?」沙維斯立即警戒起來。

「在下只是突然想到一件事想要請問。」看著少年與人造人，大白兔有些憂慮地說：「難道所謂的『神器』，就是能夠解開殘存兵器的許可嗎？」

「那只是一部分的功能。」E-15回應：「但因兩位沒有權限，我無法詳細解說。然而能夠提示你們的，是單單僅有一個認證，在本地是做不了太多事情——只能安全通行。」

「要全部都有才行喔。」天火轉過頭，「阿克雷很謹慎的，沒有全部都帶著，會很慘。」

「很慘？」大白兔不解這個意思。

「……等著瞧吧。」

□

「琥珀？」

青鳥看著攔阻在面前的人，在對方臉孔逐漸清晰之後，他先是鬆了口氣，接著想像平常一樣靠過去，「原來你在這裡，我還以爲……」

話還沒說完，他整個人猛地毛骨悚然了起來，幾乎是本能反應地往後一閃，險險躲開

差點將他喉嚨削開的劍尖。

沒反應過來是怎麼回事，那個「琥珀」就以肉眼幾乎捕捉不到的急速瞬閃到他面前，眼見這次眞的要把他給宰了。就在剎那間，一大團肌肉直接橫在他面前，硬生生擋下銳利的劍鋒。

因爲距離很近，青鳥很驚嚇地看著大肌肉居然一點損傷都沒有，還把薄劍給反彈回去，堅硬程度好像他的肉不是肉做的，而是某種無堅不摧的金屬。

「你瞎啦，這一看就不是阿克雷啊！」把人扯到後方，美莉雅劈頭大罵：「找死不嫌晚嗎！想死就自己去死啦！」

確實，仔細一看，那名少年雖然臉和琥珀很相似，但散發出來的感覺根本是兩回事。青鳥其實剛剛也沒多想，一看到人就撲上去，差點直接死翹翹。

「這是什麼？」看著往後跳開的少年，青鳥死盯著那張臉。

「人造人啊，還有什麼。」美莉雅沒好氣地白了對方一眼，然後發動自己的能力，「這具和剛才那些都不一樣，不想死就少耍智障。」

「你們要小心點，其他人也碰上了。」影鬼接收著自己分裂出去的身體傳回的各種訊息，幾乎同時間，其他人不約而同開始遇見了阻礙。

不過讓他比較疑惑的是波塞特那邊，原先他已經追蹤到對方的行蹤，正打算尾隨時卻突然被截斷，似乎有什麼力量阻礙他，把他推出對方之後的行動。

墓園嗎？

當然，影鬼是不可能把這些狀況告訴兔俠那方的人，以免他們多生事故。

「E-18，肅清行動開始。」扔開斷裂的劍，少年打開手掌，他腳邊地面開了個小口，從那邊浮上新的系統劍柄讓他輕輕握住。

還沒來得及發問個什麼，青鳥只看見少年突然又消失在他們面前，眨眼間已逼到身側，速度快如鬼魅。幸好這次已經有了防備，他立即避開奪命劍鋒，直接拉開一段距離。

在這閃瞬之間，通道開始發出機械聲響，上方出現幾十層像簾幕般的白光，慢慢往下拉開，一看就知道是要封閉整個通道的某種系統，散發凜凜冷氣，可能具有殺傷力。

小黑貓從克諾肩膀上撲了出去，大量黑影自他身上炸出，像張網般朝少年臉上覆蓋。

「快過去！」

黑貓的背後分裂出更小一點的鴿子，直接往通道的方向飛去。

少年往臉上抓了幾下，不過黑影沒有任何形體，很快地他就發現無法除去，便放棄遮蔽視線的障礙，直接拔腿追上青鳥等人。

也不寄望這點妨礙可以絆住人造人，黑貓從地上與附近的陰影中拉出大量黑影，捲繞少年的四肢，迫使他停下動作。

在所有人都衝過通道時回過頭，正好看見被固定在原地的人造人遭到白光切成碎片的那一幕。

雖然知道是人造人，但因爲臉和琥珀太像了，青鳥覺得一陣難過，不忍再看下去。

「那東西都是假的，不是眞的人，別管了。」美莉雅嘖了聲，看慣各種殺戮場面，她有些不以爲然。

幾個人沉默了半晌，在影鬼收回身體、重新組合成黑貓後，他們放輕了腳步，邊走邊打量起周邊環境。

脫離像是商店街的場所後，這裡看起來較爲平凡無奇，巨大且看不出盡頭的走廊周邊散落著遭到破壞的儀器……看起來應該是某種代步工具。長廊兩側都是白色牆壁，看不出來有什麼特別之處。

但是先前曾去過其他子船，所以青鳥可以猜到這些牆壁後面很可能有著一些場所，從裡頭應該也可以看見外面，只是他們無法看透內部有什麼。

走了一會兒，又開始陸續出現奇怪的人造人遺骸，和剛才通道前看見的很像，全部都瞪大眼睛失去機能，好像時間就永遠凝固在他們死亡的那一刻——雖然他們不是眞正的活人。越往前走，這類毀損的人造人越來越多，甚至在某一段路中還堆疊在兩側，似乎有人刻意清開道路方便行走。

這讓青鳥感覺很疑惑，照理說，既然這裡有人造人繼續運作整艘船，他們應該就會把這些被破壞的物件整頓乾淨才對，就像系統設定好自動清理一樣，爲什麼這些破壞痕跡被留下來？然而環境卻很乾淨，沒有看見任何灰塵，所以很難辨認出這些人造人究竟是什麼時候被破壞，也就是說，這些痕跡全都是故意留下的。

爲什麼？

還有他們到底是如何被破壞，才會呈現這種「死法」？

「這是系統震盪。」黑貓穩穩站在克諾肩膀上，像是爲所有人回答疑問，「我在其他地方也看見過，檢查其中幾具，全部都是震盪損壞，有人曾經在這裡使用大規模的破壞系統，把這些人造人的腦部都震碎了。」

「震碎？」美莉雅皺起眉，下意識看了看青鳥，她也才剛向對方要了震盪系統，然而並沒有那種殺傷力。

「嗯。」黑貓跳下，在地面上走到最靠近的損壞人造人旁側，拉出影子把仰躺的少女翻過身，然後撥開它後腦的頭髮，讓幾個人看見腦後輕微的凹陷與後頸幾個凹凸不平的痕跡，「阿克雷的震盪是造成系統短路無法活動，但屬於能修復範圍；這種震盪卻是直接把仿造人類的生物腦部與備用啓動系統、核心裝置全都震碎，沒有修復可能，有點類似能力者的操作，只是規模這麼大，我認爲是兵器的可能性比較多。」

「有人帶著破壞兵器掃蕩母艦的人造人？」青鳥覺得很不可思議，不管是古時候或是現在，第一家族都是神般的存在，雖然之前才知道阿克雷被家族暗殺之類的黑幕，但是沒想到會明目張膽地帶著兵器殺進母艦展開攻擊。

「目前看起來是這樣沒錯，雖然我不知道爲什麼還會有這麼多人造人在運作……應該是他們殘留的部分有方法重新製造同類吧，製作人造人的工廠在橫渡星河的船隊上肯定是有。」影鬼對於人造人能自我製作並不懷疑也不驚訝，這就與人類製作其他物件的工廠相同，只要有維護和提供原料，那些自動工廠就能源源不絕生產出產品。「所以接下來我們要面對的危險估計還是很多，別掉以輕心。」

看著敵人，青鳥不得不說，雖然是敵對的存在，可是在這種時候，有個「頭腦」還是好的，至少現在大家還是得一起經過這些地方，趕快弄清楚船內狀況。

整條長廊上幾乎沒有碰上什麼狀況，安靜得太過分，反而讓幾人越走越戰戰兢兢。

不知道該不該說他們多心，走了很長一段路、幾乎要看見閘門時，什麼事情都沒有發生，就連人造人從哪個地方蹦出來這樣的事情也沒，反而讓幾人覺得不太正常。然而這也給了他們不少時間稍微翻看了四周堆疊的人造人。

就如影鬼說的一樣，這些人造人全都經歷相同的破壞，只有少數幾具是因近身戰鬥被破壞，損壞的程度也比較嚴重，還有只剩殘肢或頭部這樣的狀況。

最後，他們在盡頭處看見那種和琥珀很像的人造人，直接被系統刀貫穿了胸膛釘在牆面上，已經失去全部動力。

「奇怪了，這一區就這麼快結束嗎？」美莉雅看著上頭的人造人，有點疑惑，「他們不是會自己補充人手嗎？」

「可能發生了什麼事情吧。」影鬼跳到牆上的人造人上，稍微檢視了下損壞狀況，意外發現人造人的壞損特別不一樣，整個後腦都被削掉了，裡面的器官也全被掏空，顯得特別不自然。

「咦……」青鳥看見被翻側的人造人，愣了愣，這種「死法」與之前接駁船上那名古代船主的死法很像，都是被某種武器乾淨俐落地削掉後腦，是一樣的兵器嗎？

「怎麼？」美莉雅瞥了眼旁邊的兔輩。

「不……沒事……」潛水船的事情果然還是別告訴這些人比較好。青鳥打算等到找回自己這邊的人，再好好地商量。

「克諾，把這東西弄下來。」黑貓跳到克諾的肩膀，後者則是很快地把人造人卸下，一失去驅體的遮蔽，牆上被遮掩的凹槽很快暴露出來。「果然有啊。」

青鳥不知道那是什麼，只看到影鬼讓大肌肉載著，把貓掌伸進去裡頭，不知道放了什麼，凹槽突然閃爍藍光，似乎啓動某種掃描系統，接著那面牆就這樣無聲無息地慢慢分解，開出了一條明亮寬敞的樹林小道。

「歡迎返回原始星艦『凱達斯特號』。」

從樹林深處慢慢走出一名優雅的女性，穿著一襲白色衣袍，精緻的面孔上有著美麗如同玻璃珠般的褐色眼睛，「接應人『桃樂絲』，已經在這裡等待諸位許久，我們清除了本地守衛，隨時替諸位開道。」

「人造人？」

青鳥盯著女性，不知道爲什麼，他覺得這個人造人和一路走來所見的有點差異，雖然如同娃娃一樣漂亮精美，卻給人假假的感覺，一眼就知道不是眞正的人類。

「……是啊，叛軍的人造人。」

影鬼冷冷笑了。

□

「叛軍？」

波塞特有些驚訝地看著帶路女人，「母艦裡有叛軍？」

「是的，原始星艦關閉之前，是處於戰爭狀態，當時有部分區域被叛軍、也就是您口中的家族所佔領。叛軍的人造人軍團控制一部分區域並加以封鎖，第一家族雖然隔離了那些叛軍，但與我們相同，他們也有自己的修復技術，便一直這麼留存下來，至今仍伺機想要奪取控制核心。也因爲第一家族的授權遲遲未下，所以護衛長們無法進行武力剿滅。」

女人解釋著：「這些封閉區域的狀況至今都未明朗，所以我並不建議您前往。」

「也就是說，當年母艦被其他家族襲擊之後，是在很緊急的狀況下才沉入海底，切斷一切聯繫吧。」波塞特開始有點明白為什麼這麼久以來，人們都找不到母艦。既然當時是這樣消失在世界上，那麼當然會切斷所有找尋方式。只是他沒想到在深海底下這數百年來還存在著這麼多人造人與叛軍對抗。

「是的，所以第一家族對於消滅人類星區，一直抱持著觀望的心態，最後一位的指令便是持續派出『監督』世界的使者，只要人類依然故我，還想利用潛藏叛軍來滿足家族的私欲，就讓監督者毀去世界，讓這一切都不曾存在過，把星球還給原本的居民。」女人邊說著，邊打開了新的通道。那是透明的長廊，被隔絕在外的是看起來相當奇怪的植物，數量很多，有的有尖刺，有的則艷麗得異常詭異。「這是有毒植物區，我們依照保存下來的記錄，繼續維護人們留下的研究成果，或許有一天會有其他植物學者重新開啓研究，畢竟這些珍貴的植物，在現今世界可是完全都沒有的呢。」

雖然奇怪的植物讓波塞特很有興趣，但是通道上更違和的東西讓他不得不將視線轉移回來——那是幾具人類的殘骸。

也不知道該不該說是殘骸，大部分都已經是人骨了，被整齊堆疊在一邊。

「這是……？」波塞特看著這些人骨，起碼有十幾具，難道是第一家族？不過之前曾說過第一家族沒有遺體，所以……

「這是被肅清的叛軍，因為家族在叛變前曾設定過不願意被移動，在無授權下，我們便整理好放置在原處，等待家族自行領回處置，有部分人造人也是，重要區域因為無授權，故暫時留存不動，雖然大家都不太喜歡，然而需等待指令。」

女人介紹時很平靜，也沒有對叛軍的憤慨，波塞特想著果然還是人造人，並沒有人類那種愛憎波動的情緒，他們還是依照著被設定的人格與系統走。

這些人造人到底有沒有自己的想法？

即使是一個領航員也都會有些微的情緒，人造人難道沒有嗎？

正這麼想著的同時，女性已經走到通道盡頭，繼續打開下一扇門。

幾乎同一瞬間，波塞特覺得眼角好像有什麼閃爍了下，還沒來得及搶上前，站在那邊的女人突然像被什麼力量震開，整個身體凌空飛了起來，眨眼便重重摔落在地，發出可怕的沉重聲響。

「妳沒事——」

趕到人造人身邊，波塞特只見躺在地上的女人半張臉已經被削掉了，仿造人類的腦部與一些細微的生物系統正從被削開的斷頭汩汩流淌而出。

還沒給他反應的時間，白色的光又閃過來。

波塞特反射性避開，這才看見通道另一邊是類似實驗區的地方，有好幾個實驗間，光是從裡面射出來的，估計是某種破壞兵器。

雖然看不見人，不過隱約可以聽到有什麼在移動的聲音。

他壓低身體，把已經不會動彈的女人拉到旁側，用那些骨頭掩護。雖然是人造人，但波塞特還是覺得很愧疚，女人其實只要守在墓園當她的解說員就行了，結果因爲替他帶路而被殺害，就算不是眞的人類，他還是感到很抱歉。

波塞特張開手，看著細小的火星從掌心慢慢飄入實驗間，不仔細看幾乎不會看見那些小小弱光，他相信對面正警戒這邊的某些東西很難在瞬間察覺他的力量。

數秒之後，火焰直接從實驗室裡頭炸開，熊熊烈焰中奔出了三、四個人體，在他們身上燒灼的烈焰有逐漸減緩的趨勢，那些東西似乎正在用某種方式試圖壓制火焰。

波塞特握起拳，大火轉爲藍色炙焰，那幾具人形般的東西就這樣在短短數秒內扭曲形體，最後連著實驗室內部一起被燒成灰燼。

確認裡面燒得什麼也沒有、周圍開始發出眾多警報聲響之後，波塞特收回火焰，看著已成爲一片焦土的實驗區。

對於實驗室，他還眞沒什麼好感。

不知道這一燒燒掉多少星球珍貴研究和寶物就是。

波塞特決定死也不告訴海特爾他破壞掉人類無可取代的文明資產，避免事後被碎碎唸個沒完。

「眞粗暴啊。」

猛一回過頭，波塞特還以爲是敵人，正要一火球砸過去時才發現是熟人，連忙險險收回火焰。

「琥珀弟弟？」

站在他們走來時的入口處，就是和大團失散的另一個人。

波塞特實在是很驚訝，他眞的沒預想到會在這裡遇到琥珀，明明來的時候一路上都沒人，他是怎麼冒出來的？

「幸好我沒選另外一條路，不然剛剛被燒得衝出來的就是我了。」琥珀冷冷看著在別人船裡大放火的傢伙。

波塞特快步走過去，上下檢查了一遍，果然是琥珀沒錯，連那個沒好氣的白眼都一樣。「你自己嗎？怎麼會在這裡？青鳥弟弟他們沒和你在一起嗎？」

「沒有。」琥珀兩個字句點掉一堆問句。

「你怎麼會在這裡？」波塞特又重複了自己比較想知道的問題。

「E-8帶我來的。」

琥珀指指身後，青年這時才發現琥珀身後還跟著一名少女，看起來年紀與琥珀差不多，也有一雙湖綠色眼睛，透出淡淡稚氣的面孔上有著完美的笑容，看著直覺就是人造人，與墓園的女性一樣。

「怎麼會有人把守墓員帶到爭奪區，他們機型太老舊不適合戰鬥，很容易會變成砲灰的……啊，已經是了。」琥珀在失去一半面孔的女人身邊蹲下，然後用自己手腕上的儀器靠近裸露的大腦，「這是一代守墓員G-3，只有基礎防禦能力，依照她本人意願還沒進行過身體更換……真是可惜了。」

「本人意願？」波塞特有點發愣。

「嗯，和領航員一樣，他們也會自行思考。」琥珀站起身，看了眼後面的護衛長，

「G-3在記錄上是星艦剛啓航沒多久、基於某人興趣而親手製作出的人造人之一，當時用途只是幫忙維護墓園，給參觀的人們解說歷史，後來製造者死亡，G-3並沒有與其他機型一樣進化自己的機體，成爲多用途的高裝備護衛，而是一直使用這具身體，已經有非常久的時間了……等等讓人來檢查看看能不能修復吧。」

「是的。」站在琥珀身後的少女恭敬地接了話。

看著他們像是熟人一樣，波塞特越看越一頭霧水，「琥珀弟弟你……怎麼知道？」聽對方的敘述，好像對這艘船有某程度的熟悉，但他明明先前強調過自己也不清楚的啊？

琥珀看了看波塞特，又看了看成爲焦土的實驗區，「……走吧，看來我們會是第一個到達的，你想知道的事情、大家想知道的事情，走到盡頭就都會有解釋了。」

「繼續向下是封鎖區域，是否要調動其他護衛長與士兵？」少女詢問道。

「不用了，有這人在就夠了。」琥珀指指一頭霧水的波塞特，「雖然有人跑來幫忙，不過現在我授權給妳，妳讓其他的護衛長別阻攔和我一起進來的其他人，務必引導並協助他們過來，讓他們最後到達『我』的位置。」

「這……」少女露出猶豫的反應。

「這是我的指令，不得質疑。」琥珀不帶著情感，冰冷地說。

「是的。」少女立刻低下頭。

站在一邊的波塞特等到琥珀似乎交代完事宜了，正想開口問幾件事時，後者朝他使了個眼色，明顯是讓他不要問。

「先離開這裡吧。」

□

離開化爲焦土的實驗室後，波塞特看著警鈴大響的區域在自己面前被關閉。

「將此區切割廢棄，徹底清除空間，回復『零』的狀態，之後重新利用。」琥珀對著少女說道：「授權其他被佔領的幾個區域比照辦理，如果有我們的人誤入，就讓人離開再進行大規模掃蕩，母艦內所有資料都備份在我的主機當中，不用保留。」

「好的，先前因顧慮遭佔領區域內的資料，未授權下我們無法直接掃除，現在立刻針對殘留叛軍進行處置。」少女說著，抬起的右手腕上出現幾絲微光，像在快速處理訊息。

波塞特在他們對話之際稍微打量四周，只是一條什麼都沒有的寬廣白色長廊，空蕩蕩的能夠直接看見遠處對面的盡頭。

「這裡是生活區。」

琥珀從後面走過來，看著有些訝異的青年，「怎麼可能浪費空間蓋一堆通道，這些通道全都是房間，有的提供人造人居住，有的提供人類居住。」說著，他將手放在白色牆壁上，旁側的通道壁面一處突然開始慢慢霧化透明，顯露出裡面的生活空間。

那是一個布置溫馨的小客廳，排列了整齊的手工家具，沙發與地毯上還有幾顆小抱枕，地面小抱枕旁有本翻開的童書還未收起。書本邊散落幾顆糖球與一個水杯，幾乎能想像到孩童趴在地上翻著童書，父親坐在一邊給孩子唸著故事的畫面。

「生活區大多都是這樣的配置，不過因爲長時間橫渡星河，沒有進入冷凍沉睡或從中甦醒的人類會感覺不安，造成精神不穩，所以母艦與其他星艦都有另外分出一部分建造仿古代的建築群，可以申請體驗入住一段時間。」琥珀打開手上視窗，讓波塞特看見一些像是縮小版的小鎮畫面，「也有商店區，如果護衛長們維護得好，現在應該隨時能營運。」

看著這些畫面，波塞特有點同情那時候在這上面生活、渡過星河的人類。如果讓他幾百年都住在這種小盒子裡，他估計也會申請小鎮體驗……這些他們現在覺得很理所當然的事情，在這種地方居然還要申請啊。雖然他以前住在實驗室也差不多就是這個樣子。

「另一種方式，就是直接操控大腦，讓人類能在入睡時利用夢境回到母星的日常世界，這比較節省空間，也是大量被採用的方式。沒有特殊權力或貢獻，也無法付出更多代價的人們幾乎都在沉睡中渡過每一日。」琥珀回過頭，笑了下，「令人慶幸的是，遠渡星河經過百年之後這些就都不是問題了，新生代一生下便習慣這種生活，只要注意那些重新醒來的人的精神狀況就行了。」

「聽你講得好像自己生活過一樣。」波塞特搖搖頭，覺得有些好笑。

「……就算沒生活過，這裡的主機都保存著歷史資料好嗎，查一下就有了，又不是什麼隱藏資訊。」琥珀沒好氣地瞥了眼還有心情笑的傢伙，「快走吧，時間已經不多了。」

「什麼時間……」

波塞特話還沒問完，突然發現少年踉蹌了下，他反射性把人接住，這才發現琥珀的身體很冰冷，像是死人般沒有溫度，非常不正常，「你……」

「別問，快走就是。」琥珀推開攙扶，「我的時間不多了。」

波塞特愣愣看著對方，有好一段時間沒反應過來那句話的意思，等到他整個人毛骨悚然起來覺得事態嚴重時，琥珀已走到另外一端，打開了下一條通道。

接下來漫長的路上，空氣都非常死寂。

波塞特知道琥珀並不想解釋自己的狀況，強問也肯定什麼都問不出來，只能默默與人造人一起走在前後兩邊，偶爾遇上跳出來的殘存叛軍，他們就快速清除障礙。

就這樣大約又穿過幾個區域後，波塞特發現長廊逐漸變得透明，不再是白色的。一開始是比較霧化的牆面，另端還有些起居室，接著越來越透明，東西也越來越少，走到最後，只剩下像是玻璃一樣的隔間，空空蕩蕩的什麼也沒有。

透過那些透明牆面，看見的只是無止盡的空洞虛無，彷彿世界上所有一切都消失無蹤，只剩下他們在這裡被空間切割，不適感讓人很想盡快離開。

邊看著這些讓人起雞皮疙瘩的隔間，波塞特跟著前頭的琥珀一起停下腳步。這次連接的門似乎有些不同，上面有個奇怪的綠色印記。

門扉被開啓之後，一股冰冷的風直接朝他們襲來。

第一眼看見的，是個非常巨大的空間，白色的牆面與地板，幾乎與之前所見的墓園空間差不多規模。

然後什麼也沒有。

「進來吧。」

琥珀隨口說道，踏進了白色空間。

波塞特正打算跟進，發現人造人少女好像沒有繼續往前走的意思，「妳不進去嗎？」

少女微笑著搖搖頭，什麼話也沒說。

就這麼地，門在波塞特臉前關閉了，將少女隔離在外。

再度環顧四周，波塞特重新把視線放回少年身上，「所以，你要說明怎麼回事了嗎？」

「嗯，再等等。」琥珀懶洋洋地往地上跺了跺，一組桌椅從地面形成，還有著看起來很舒適的弧度與隨後浮現出來的幾枚靠枕。

「等什麼？」波塞特才問完，後頭便傳來動靜，回過頭看見的是剛剛的入口再次被打開，這次進來的竟然是大白兔與沙維斯，與他們隨行的是一名陌生的紅髮少年，帶領他們到來的人造人與先前的少女一樣在門口便止步，不再往前。

「你們……？」大白兔顯然很驚訝會在此地看見他們。

「再等等。」琥珀只是冷淡地丟過去同樣的三個字。

大白兔與波塞特對看一眼，很有自知之明地不去招惹少年，即使他們有滿肚子疑問。

「只有你們嗎？」沙維斯看波塞特活蹦亂跳的樣子，稍微鬆了口氣。

波塞特點點頭，把自己遇到的狀況稍微說明了下，而大白兔也將他們發生的事簡述給青年，彼此交換了兩方所遇到的狀況。

交談期間，紅髮少年似乎對他們不太感興趣，就在四周繞了兩圈，招呼也不打，突然就這麼打開門，逕自跑掉了。

對於少年的來歷不論是誰都一頭霧水，當然就沒有跟著追上去，況且少年對於此地看來比他們還要熟悉。

「大致就是這樣，我們突然被人造人告知要前往重要地帶，一路就來到這裡，原來是琥珀的指令。」大白兔在兩邊都談完後，明瞭了爲什麼這邊的人造人會莫名就要他們跟上，還說是很重要的命令，不跟也必須強迫他們。

幸好當時沙維斯沒有拔刀就砍下去。

「那麼應該再等一會兒，就會看到青鳥弟弟也被拎過來吧。」波塞特估計失散的人差不多都會這樣，反而不用再刻意找尋下落了，也不錯。

「……學長還要再等等。」琥珀嘆了口氣，有點無奈，覺得某個傢伙總是沒事給他找事做，「他跑去叛軍基地點了。」

「呃……」

第三話▼▼▼傳說的神祇

青鳥看著這處被改造的區域。

隱約可以看出原本應該是某種生活區，有許多被拆毀的隔間與各式各樣被棄置、拆解的家具。通過刻意培植的樹林後，有些小屋子和像是實驗室的遺跡，該有的設備與那些生活區相同，大半已經被拆除，遭到改造後變作不明用途的小廠房，從製造能量的動力設備中不斷地抽出能源運作著，四周還散落不少破碎的零件和人造人軀體，以及他沒見過的大小武器。

有些看起來非常老舊的支架型機器人正蹲在地上，試圖將堆疊的大量零件拼湊成可用的物品，動作看起來有些遲鈍笨拙，隨時會散架的樣子。

「這裡是我軍目前的基地，我們在此對同伴進行維修，也製造出新的同伴與武器，希望能更快取得母艦，雖然進度有些延緩，不過依然進行著。」桃樂絲友善地朝幾個人說明著：「多年以來我們奪下十三處區域，也複製該處主機，然而母艦進行了對外隔離，無法把這些訊息發送出去，我們一直忠實等待著領首者的指令與派人前來收取他所需要的情報，現在幾位應該可以突破這點，把資料帶回，這樣便可很快研究出新一步的對策。」

「現在此處有多少人還能使用？」影鬼開口問。

「總數還有四百一十六名聽候差遣。」桃樂絲抬起手，很快由四面八方陸續走出來各式各樣的人造人，有些如同她一樣精緻，有些則是經過修復拼湊，很勉強地用稍微匹配的零件修整，顧不得外觀的作法讓他們像是破碎的洋娃娃，還有不少那種光站著都會支嘎作響的老舊支架機器人。「因爲無法順利取得所需資源，便先行捨棄無用的外觀，以恢復戰鬥機能爲主進行復原。」似乎看出了他們對於人造人外型上的疑慮，她微笑著說道。

確實，如果不看外表，那些人造人在活動上並沒有任何異狀。跟在後面的青鳥開始擔心其他人不知道會不會遇上這種叛軍。這些人造人有能力在母艦上活動數百年之久，肯定動起手來也很可怕，希望不要有人受傷。

不過話說回來，既然母艦本來的人造人也在活動，怎麼就消滅不了這些叛軍？

青鳥想了想，決定放棄去思考人造人的想法了。

「那麼……」

影鬼正想說些什麼時，桃樂絲突然整個人僵了一下。

約莫數秒之後，人造人才開口：「我們各據點的人，就在方才幾乎全數失去聯繫。」

「什麼意思？」克諾挑起眉。

「估計是得到阿克雷的授權，進行大規模掃蕩吧。」影鬼並不意外。這些叛軍之所以會殘留下來，可能是運行母艦的人造人並未得到某程度上可對特定區域執行處理的授權，所以才把叛軍和被佔領的區域保留下來，這點由通道上不見叛軍這點來推斷——叛軍只留在定點，一路而來的路上都沒見過。

現在既然阿克雷與他們一起踏進母艦，阿克雷必定會派下指令，讓護衛這艘船的軍隊用最快速度掃除掉這些原本就不應該留存在這裡的東西。

眼前的這些，八成眨眼之後就會被毀滅吧。

「……阿克雷也返回了嗎？」像是聽見什麼可怕的消息，桃樂絲停頓了下，似乎系統正被衝擊，反應不過來，這麼僵硬了好一會兒，才慢慢地開口：「請幾位帶上這些資料，快逃。」說著，她折斷自己的手臂，自肩膀處取出一小塊指頭般大的正方體交給克諾。

「請轉告造物主們，『她』還在，這是破壞『她』的路徑，這麼一來，我們就能夠解放世界與人類了。」

「解放？」青鳥對於這個說法有點不解。

「是的，我們將不再被特定族群所控，世界亦不會再被某人所左右，我們會解放世界，作戰直至最後一刻。」

說完，桃樂絲立即聚集起所有叛軍，「務必保護幾位大人安全離開！」

「所以說，你們真的很不自量力。」

聽見不同於桃樂絲的聲音，青鳥抬起頭，看見不知道何時，幾個建築物屋頂上已站了約莫五、六名左右的少年少女，都與先前他們遇到的湖水綠眼睛人造人很相似。這些少年少女的出現竟然沒有人察覺到，就連影鬼都沒發出任何預警。

「怕毀傷資料呢，又不是怕你們這些入侵的廢棄物品，拙劣仿造的次等品們，遊戲也該玩夠了吧。」其中一名抽出身後的雙劍，懶洋洋地開口：「E-17，殲滅系統啓動。」

「E-25，殲滅系統啓動。」

「E-20，殲滅系統啓動。」

「E-11，殲滅系統啓動。」

「E-9，殲滅系統啓動。」

隨著幾乎相同的話語落下同時，青鳥視線瞬間失去那些人造人的影子，也完全補捉不到氣息，還沒重新找到那些人，最靠近他們的桃樂絲已經變成十幾塊碎塊，像是山崩般整個垮下來，七零八落地散在地面，一塊臉頰上還掛著眼珠子，人造血肉與生物連結構造碎散了一地，看起來就像真實的人被肢解。

然後，周圍開始大大小小的爆炸，叛軍貌似預先在各處設下爆裂物，同時啓動毀壞，但並沒有能阻擋殺手群來勢洶洶的屠殺。

就像看著戲劇般，青鳥根本只能站在原地，看著眾多屍塊到處飛起，越過他的頭頂，然後掉落在地面，叛軍竟然被幾個少年模樣的人造人給打得毫無還手之力，以爲佔盡優勢的大量人力瞬間被削減，變成一堆堆殘骸。

這畫面其實有點可笑，又讓人覺得恐怖。

他發現美莉雅被大肌肉整個護住，而黑影已經拉成許多繩般的線團團在他們四周圍轉，顯然強盜團對於人造人的高速屠殺也反應不過來，只能眼睜睜看著。

不知道爲什麼，這些人造人這次竟然沒有朝他們下手，反而刻意避開他們，就連飛濺的屍塊都沒丁點碰上他們的衣角。

針對叛軍的單方面大屠殺並沒有持續很久，約莫只過了十分鐘左右，那幾個母艦人造人已經踩在堆積如一座座的屍體小山上，各自將自己的系統雙劍插回背後鞘中。

一開始說話的那名轉了過來，對青鳥露出相當友善卻讓他毛骨悚然的微笑，「瑟列格大人，請與我們一同離開此處，此地將在兩分鐘後進行淨空，您必須前往下一個地方。」

「其他人呢？」青鳥注意到人造人話裡的針對性，稍微疑惑了下。「不一起去嗎？」

「恕我直言，他們是你的敵人吧。」人造人似笑非笑地說著，像是覺得青鳥的詢問很有趣。「雖然並沒有命令不能帶上這些人，不過按照人類的思考，應該不會有人將敵人帶在身邊才是。」

「呃……」青鳥看向美莉雅。

「看屁！」後者爆了一句。

「你還是帶我們過去會比較好。」

在堆疊起來的屍塊後面，青鳥看見不知道哪裡冒出來的噬緩緩往他們這邊走近，肩膀上還停著黑影的小鳥。「畢竟對第一家族來說，我們是友方。」

人造人像是思考了數秒。

「好啊，那就全部一起來吧。」

□

對於琥珀的身分，青鳥也不是沒有過各種猜測。

畢竟自己已經發誓不會問對方，所以他在心中想過最差也不過就是變成暗黑大魔王、控制整個世界之類的，應該不會更糟了。

反正大家在一起，總是會有辦法。

不過看過僅僅幾個人造人對叛軍進行肅清的力量之後，青鳥走在寂靜的通道上，突然心裡不踏實了起來。

如果琥珀要當大魔王好像是眞的能當的！腦力武力都有了，現在把人造人放出去就可以成爲新勢力啊！

到時候，自己要幫助對方完成稱霸世界的壯舉嗎？

又或者，眞的要用人造人毀滅世界，到時他有辦法阻止嗎？

「你去了哪裡呀？」

在青鳥煩惱時，一邊的美莉雅拉了拉噬的衣角，低聲詢問。

雖然他倆說話的聲音經過遮掩，然而青鳥的耳力很好，這細小的交談還是讓他聽得一清二楚，連個漏字都沒有。

「啓動家族的授權。」噬面無表情地回答：「阿克雷竟然預先做下防護，差點被反撲。」

根據噬的簡單說明，大致上就是他根據這幾年整理好的情報，打算使用「神器」先啓動一部分母艦授權時，竟然驚動了人造人護衛，還沒說上幾句就打了起來，將護衛破壞後才發現蘭恩家的家徽。

看來爲了不讓人隨便使用，阿克雷還是設有一些陷阱防範。

對此噬也沒有描述太多，幾句匆匆帶過，所以青鳥也不太清楚後面還遇到什麼。

走著走著，又煩惱起了大魔王的事情。

所有疑問，在白色的房間打開時，又通通都往腦後丟。不管有多少煩惱，看見琥珀和其他人都平安無事，青鳥還是很開心的。

幾乎也是差不多時間，弗爾泰被另外一名人造人給帶進來，根據人造人的說法，被噬甩開的能力者正在大肆破壞，造成他們微小的困擾。

幸好護衛長們能夠壓制能力，總算把這名指定的火焰能力者給帶進來。

青鳥都還來不及撲上去先檢查一下他弟有沒有任何損傷，琥珀已經先站起身，懶懶地看著所有重新集合的人。

「既然你們都來到這裡，基本上也沒有什麼好再瞞了，就如同先前說的。來吧，我就讓你們看看你們想知道的『眞相』。」

四周的白在琥珀說完話的同時褪去色澤，一面面透明的牆顯露了出來，連帶也讓所有人看清楚了牆後那些各式各樣的奇怪儀器——在眾人眼中，裡頭有許多與現今世界使用的很相像，有些卻又完全沒有見過，大致上可分得出來的是幾十座大型生物實驗器具與醫療修復器材，其餘眼生的就沒幾個人能說得出來用處。

「這些是……」大白兔環顧著顯然是大型實驗室的場所，有點驚愕。這裡有不少全都是以前十島中出現過的器具，他甚至還能說得出名稱，像是右手邊的能力基因培植儀，還有比較前方的分析器等等。

這些器材分門別類地被規劃在一個個擁有開放式隔間的區域，擺放得很整齊，也很乾淨，似乎定期都有在整頓。

「過來吧。」

琥珀朝著一面牆走過去，透明牆面在他接近時打開了通道，讓一行人得以順利走進實驗室裡頭……或許說是個實驗廠更符合這空間。

進入後，幾個人更感覺到實驗廠的廣大與壓力，雖然沒有什麼聲音，但那些機器確實還在運作，有幾座一、二層樓高的白色儀器甚至散發數種奇怪的力量感、壓力感，似乎不是工具，而是某種能力者站在那邊靜靜地盯著他們。

「這是蘭恩家的獨立研究區，唯有特別授權的人才能夠使用。」琥珀看了眾人一眼，領著這些人走到其中一座包覆著巨大白色帷幕的儀器前，逕自打開了一小面浮空的操作視窗，在所有人面前啓動儀器，令原本封閉的機器慢慢揭去帷幕，被遮蔽其中的壁面變得透明，也讓所有人見到裡頭的東西——

那是一具人體。

就像先前大白兔的本體般浸泡在某種液體當中，儀器裡是個透明槽，載滿的淡綠色液體中浸泡著一名二十多歲樣子的青年，雙眼緊閉，看起來像是在裡頭休息般，面容相當放鬆，四肢隨意漂浮著，身體赤裸，如同嬰孩般。然而，幾個人剛才感覺到的力量與壓力，其中之一就是從這名青年身上傳來，即使是現在，那種力量仍是沒有減弱。

琥珀轉過身，打開附近幾座同樣的儀器，裡面全都如此，有男有女，看上去都相當年輕，每個人身上帶著各自的力量感與難以言喻的威壓，即使並非清醒，那種壓迫感依然存在於他們周身。

「這些是……」沙維斯仔細分辨那些力量感，隱約覺得不太對勁，「這些人應該已經死了？」透出的能力並沒有生命跡象，只是「存在」遺體周身，正常的能力者在死去之後，力量會隨著生命流逝而消失，不可能死後繼續凝聚。

但是這些遺體明顯違反這種定律，力量沒有散去，反而像一層蛋殼包裹著能力者。

青鳥等人環顧了四周，視線全部集中在琥珀身上，等待少年解釋。

這些看來都是非常厲害的頂端能力者，光是這四、五名，如果是清醒的，很可能就能徹底驅逐他們，更別說整個實驗區中像這樣的儀器還有不少座沒有被打開，整齊地一路延展到內部深處，滿滿的能力者屍體。

如此多的頂端能力者爲什麼會以這種形態被封閉在這裡？

「有意思，蘭恩家有辦法保存能力者死後的力量？」噬環著手，覺得這個地方有趣了起來。

「正確地說，是將死亡的人身體機能保存在『生』與『死』之間，我們儘可能收集瀕臨死亡的人……你們口中所謂的『能力者』，在他死後身體機能急速死亡同時凝結，最大程度地保存住『生機』。」琥珀淡淡地說著。

「所以會復活的意思嗎？」青鳥看著保存槽裡面的遺體，忍不住有點毛骨悚然。雖然是古代的祖先級人類，但是能這樣復活也有點可怕。

「身體的話，是至今還保存著生機，然而腦部已經都死去了……我想他們應該不會再復活。」琥珀看著保存槽，語氣透出些微的遺憾，「你們一路過來應該有看見人造人被破壞的『死法』吧，這裡有些人也是那樣子死去的，無法復原腦部原有的機能和記憶，就算重新製作腦部，也不再是原來那個人，所以我認為他們不會再復活了。」

「是如何能做到這種破壞？」大白兔盯著水槽，「在下實在不解，為何要刻意破壞頭部？」

「這樣才會死透徹吧。」波塞特倒也不太意外，「反正身體怎麼都有辦法復原還是弄個新的來移植，腦子可不行，而且人腦變化性很大，破壞腦部才可以完全確認死亡。」

「人造人被毀壞也是類似原因吧。」青鳥想到了先前路上看到的那些人造人。

「倒也不一定，人造人破壞頭部還有另一個必要性，在設計戰鬥型人造人時，腦部是全數連線。也就是說，每個人造人都共享情報，只要一名看見，就能在最短的時間裡把情報發散出去，不用一秒即可更新所有資料庫。」琥珀淡淡地說：「所以戰爭爆發時，為了壓制人造人軍團連線共享，破壞頭部是必要的動作，他們只是將那種武器拿來襲擊人類罷

了。你們有些人也見過，那種武器分爲幾種類型，殺傷力極強的光束破壞，或是強力震盪破壞……人類可抵禦不住。」

聽著，青鳥就有點驚懼。

被切掉腦子感覺很痛，腦子被震盪成一團爛泥感覺就更痛了，人何必要這樣對付同樣身爲人的同種生物。

「這些人是蘭恩家的人嗎？」大白兔小心翼翼地詢問。

「大部分都是。」琥珀嘆了口氣，「混血者。」

「混血？」大白兔有點不理解這個用詞，「爲何混血者要另外保存？」

「……第一家族爲什麼沒有遺體？」

讓所有人停下詢問的，是波塞特的話。

其實波塞特原本只是自言自語，沒想到不自覺就變成發問，他愣了下，也就乾脆看向好像不是很想解釋混血的琥珀，「抱歉，不過我突然想起來G-3說過第一家族沒有被保存，如果第二家族有特別保存在這裡，那第一家族爲什麼會沒有？」

「那是……」

「你就誠實地告訴你這次的小朋友們，因爲會崩毀，如何呢？」

打斷琥珀遲疑的，是突如其來的冰冷女性聲音，不屬於在場任何一個人，也讓全部人立刻警戒起來，擺出隨時可以發動攻擊或防禦的姿態。

「別動手。」琥珀皺起眉，出聲制止所有人緊繃的行動，「這裡是蘭恩家的控管區域，沒有授權的外人在這裡發動武力，不管是誰都會被肅清掉。」

「呵呵……你上次可是還沒阻止就讓那些小孩們成了一堆灰呢。」

伴隨著嘲弄的笑，在幾個人的中心點上方出現了幾絲電子波動，接著浮現出女人的影像。

那是名不論誰來看，都會覺得異常美麗的女性，白皙的肌膚與纖細修長的四肢，細長的手指有著修剪完美的指甲，裸出黑色長裙的雙足找不到一絲瑕疵；比例完美的面孔有著一雙狹長的火紅色眼眸，與之相反的是毫無情感的冰冷，像是要燃燒起來的緋紅色長髮在空氣中飛散著，血紅色的豐滿雙唇正吐出沒有任何善意的言語——

「這次，又是將哪些貢品帶入我的星艦？」

□

「妳是誰？」

擋在琥珀與波塞特等人面前，沙維斯看著上方飄浮的女性。

約莫二十多歲的樣子，也可能不是眞面目，只是用投影做出來的迷惑假象。

女性看著他，露出很有興趣的表情，然後視線緩緩環顧下方所有人們，最後再度放回琥珀身上，「這次，倒是收集了許多家族的人哪，然而時間比我想像的早，離你成年還未到，我認爲你會再拖延一些時間。」

「請問閣下究竟是誰？」大白兔先按下女性話語中好像和琥珀很熟的疑惑，謹愼地注意四周，試圖找出影像的來源。

然而，母艦上的技術很好，影像用的是空氣投射粒子，完全無法追蹤由哪發出操控。

「你沒有介紹過我嗎？」

女性開始發出令人不安的笑聲，連一邊的噬和美莉雅等人都沒有立刻做出反應，等待著女人的動作。

「沒打算。」琥珀冷冷哼了聲。

「這可眞是失禮，對於這些客人們而言，你至少也得讓他們知道是爲何而亡吧？就這麼無知，不是很可悲嗎。」女性冰冷的眼神抹上虛僞的憐憫，再次掃過眾人，「而且作爲開場的揭幕式，發表演說可是很重要的呢。」

「……」

「看來你還是很難把那根利刺插進他們的心口裡面。那麼，按照先前的慣例，『阿克雷』說不出口的話，就讓我們從最早以前的起源說起吧，這樣……你們這些小祭品也才能知道自己到底是什麼啊。」

青鳥看著身邊的少年，發現對方的臉色很白，身體也微微在發抖，連被綁架都沒見過他這麼害怕。他想也沒想，用力握住琥珀的手腕，決定不管怎樣都要保護自己認定的弟弟。

像是無視他們的小動作，女性在空中調整了個好像坐下般的舒服姿勢，紅色的頭髮靜靜地燃燒著，彷彿隨時能夠吞噬眾人。

然後，還當眞像是說故事般，悠悠閒閒地起頭開口。

「最早的時候，被你們稱作母星的地球開始進入輪迴期，世界所有的一切都會開始重整，成爲人類無法居住的地方。按照地球的演化，人類還得要過個數億年才會重新復甦，也就是你們口中的被進化出來。察覺到這些事情的舊人類知道自己即將被淘汰，緊張了，想要逃離這個必定要消滅他們的異動之刻，所以創造出方舟。」

女人笑了下，張開手臂，「就是這裡啊，帶領人們逃過毀滅，走向新世界的夢想方舟，也被稱之爲星艦。這些星艦船隊用了地球最後僅存的資源打造出來，載運人類的文明，還有他們千萬年來最後掠奪的東西，大舉飛入宇宙，逃走了。」

「那麼，數千百艘的星艦中，船隊由某個人數極爲稀少的『家族』所掌控。但是當時聞名世界的科學家，甚至也是星艦創造者之一的『蘭恩』家卻不是主掌這支船隊的人……奇怪吧。」

像是開玩笑般，女人很隨意地指向距離她最近的沙維斯，「登登，問答時間到了，這位參賽者知道爲什麼會是這樣的安排嗎？」

「……」沙維斯表情不動地看著女性，並沒有回答這好像是調笑的問話。

「時間過了呦，進行懲罰。」

「住手！」

就在女人與琥珀的聲音同時響起那瞬間，沙維斯突然感覺到兩股截然不同的力量在自己面前凶狠地碰撞，像是兩頭野獸撞擊在一起彼此撕咬，幾乎能把人撕裂的力量就這麼相互抵銷，但潰散彈射出來的力道射向一旁正想跳過來保護他的大白兔，白色布偶左手直接被拉扯向後，徹底扯斷，棉絮在空中飛舞著，慢慢掉落地面。

所有事情就發生在一瞬間，沒人來得及阻止，就連速度快的青鳥和美莉雅都只能冒出一身冷汗。

「唉呀，隨便出手不好喔。」女人笑笑地看著琥珀，「不過算了，已經處罰到了。」

沙維斯將斷了一條手的大白兔拉往自己身後，讓對方盡快修補身體。

女性拍了一下手掌，笑著說：「那就繼續吧。答案是，這個家族擁有蘭恩家完全無法取代的『力量』。雖然頭腦非常好用，不過如果有人既有相應的智慧能力，雖遜色一些，但能用系統補足，又有能夠鎮壓所有家族的實力，不選他們作爲首領，還能選誰呢。」

「所以啊，蘭恩家只能作爲第二家族，用他們的智慧輔助第一家族。因爲他們比較弱嘛，這是沒辦法的事情。」

「即使如此，非常出色的蘭恩家首領還是發光發熱，受到人類的崇敬，他也將畢生所學全部都用在造福人類上面，眞的是個非常完美的人，而且還長得很好看，就算是腦袋空空只有臉蛋，肯定也會受到眾多女性的歡迎喔。」

「是的，那就是我們完美的『阿克雷』，據說到現在，人類都還清楚地記得他、膜拜他，多虧了瑟列格家的小賤人那小小的私心。不過，起碼『阿克雷』被崇拜了，眞的成爲神了，許許多多的人類後裔都向他許願，求他保佑呢，世界上不知道有多少人羨慕……可憐的利家，還有那些替身的家族們，成爲『阿克雷』的替身，什麼好處都沒沾到，迷迷糊糊地死了呢。」

「好的，轉回正題吧。第一家族到底有多與眾不同，能讓他們領導整支船隊，其中之一的原因呢，就是他們原本就和人類不一樣，能聽見人類聽不見、看見人類看不見的，這才能引導船隊用最小的損傷越過宇宙，然後順應指示來到新世界。」

「可惜的是，人類就是忘恩負義的東西啊，一到新世界之後，就開始想要掠奪第一家族，想要第一家族的力量，想要第二家族的系統，還想要我們兩個家族的命，就這樣，把『阿克雷』給暗殺了……直到最後，『阿克雷』還在庇護人類呢，你說是不是。」

女人看著琥珀，彷彿心情很好咯咯地笑著。

「……」琥珀握緊了拳，沒有回答對方的話。

「既然殺得掉『阿克雷』，那當然也可以殺掉第一家族啊，反正只要最有權力的人死光光了，這些船隊啊、力量資源啊，就會全部都是他們的，什麼狗屁約定，什麼不濫用這個星球，原本就沒有人會在意的啦。」女人聳聳肩，抬起手擺出無奈的姿勢，「『起源神』什麼的，根本無所謂啊，反正人類就是見神殺神見佛殺佛、這麼忘恩負義的生物。所以當他們殺進來時，我們一點也不意外，第一家族的人少，還眞是辛苦他們等了很久，才等到了第一家族的衰敗期。殺掉『阿克雷』、襲擊蘭恩和相關家族之後，第一家族的保護自然就弱了，於是這麼地衝進母艦，開始大肆屠殺呀，不管是人類或是人造人類，一個都不能放過。」

「只是他們沒想到，要殺死一個第一家族，他們得死數百個人類，到最後那些不要臉的傢伙們因爲死得太多了，只能眼睜睜看著這艘母艦帶著所有系統沉入海底，就這麼消失了呢，差點連空氣都不留給他們。」

「幸好，空氣早就已經調配過了讓他們可以勉強支撐，又多活了好幾百年——雖然他們之後自己毀掉空氣。」

「只是這數百年之間，這些人類還是繼續在探測母艦的下落，還操作那些生活區試圖聯繫。因爲我們在海底確實比較不方便，而且有『阿克雷』預設的系統阻攔，我們也只好自己找變通的方式，循著人類不知死活的探索，一次一次把『監督者』往外界送，總有一天，『阿克雷』也會受不了，解開母艦的封鎖吧？」

「封鎖？」大白兔看著女人，「這艘母艦被封鎖了？」到這裡爲止，大白兔都以爲這艘母艦是用自己的系統在躲避星區。如先前他們所知，這艘船應該只有第一家族能夠使用，也理所當然是他們全權操作。

「母艦搭載了阿克雷的原始操作系統，因爲有雙兵器和其他破壞性武器的存在，所以阿克雷雖然把授權全部交由第一家族，但是也同樣地在私下規劃相應的攔截程序，避免第一家族有心展開大屠殺、或利用兵器來脅迫人類。然而沒想到卻是第一家族先遭到其他家族的殺戮，想啓動時才發現阿克雷設下啓動條件，這演變爲當時第一家族無法有效利用這套破壞系統來抵禦敵人，遭到屠殺。」琥珀淡淡地開口，然後回握青鳥的手，「所以我說過，兵器沒有你們想像的那麼容易被發動，要毀滅整個星球更難，可是如果……」

「如果讓這艘船浮上海面，不用兵器，第一家族也可以毀滅星球。」女人發出笑聲，「『阿克雷』，你一直拖延時間，說著人類還有善心，讓他們再活下去觀察看看，是不是覺得時間久了，連『我』都不存在了，母艦就會永遠消失呢？可惜啊，你這次回來，我還在，我永遠都會在！沒有親眼看見人類進入地獄之前，我都不會消失！」

女人的聲音到後來已經變得淒厲而尖銳，讓所有人不免皺起眉頭。

「琥珀，她到底是誰？」青鳥完全可以感受到恐怖的惡意與開始湧現的力量感，他連忙護著琥珀問道。

「你們還不知道我是誰嗎！」

像是聽到大笑話，女人開始瘋狂發笑。

「本來就該被淘汰的人類餘孽，想想你們自己編造的可笑神話吧！指示新世界者為『起源神』，握有雙兵器的創造者是『請願主』，應該藏於歷史之間，不可以再被想起來的那個家族，就必須要被抹拭，還要被全世界所敵對——」

「我是第一家族之首，擁有黑島（母艦）的『惡神莉絲』啊！」

第四話▼▼▼人偶之子

「全部蹲下！」

就在青鳥因爲女人的話而大吃驚時，突然有人用力往他腦袋一按，迫使他整個人趴倒在地，下巴撞在地板上同時，一股巨大的力量從眾人周圍掀起，像是防護網一樣瞬間拱成半圓，直接擋住迎頭砸下來的無形熱流。

防護網外頭的溫度眨眼間升高到不被環境控制器容許的範圍，實驗室內鳴起警鈴，不知道啓動了什麼系統，原本熱浪帶來的高溫又開始以很快的速度下降，一冷一熱的交互就在短短幾秒之間。

估計預設過這種溫度驟然升降的狀況，室內任何一座儀器機組竟沒有因此而故障，還維持著正常運作，遠比人類還要堅固。

先站起來的是強盜團的噬，接著是沙維斯和弗爾泰，每個人都看向青鳥身邊的琥珀，而前者露出了笑容，慢悠悠地開口：「我果然沒猜錯，阿克雷你……確實也是個能力者，裝到最後還是會被揭穿的，不是嗎。忍耐這麼久，假裝是人類過活有什麼意義。」

青鳥看著側邊的琥珀，剛才的防護網的的確確就是琥珀拉出來的，不論想怎樣解釋，琥珀在瞬間打開能力是不爭的事實，他只能看著少年，等待對方。

琥珀冷冷瞟了強盜團一眼，沒有回應對方挑釁的話語，直接把視線轉回上頭的女性，

「『莉絲』，不要在這個地方出手。」

「這個地方？」女性像是聽見了笑話般加重語氣，「小迷糊蛋，星艦可是我們第一家族擁有，不管是這個地方或是其他地方，全都屬於第一家族，我想要在哪裡動手，就在哪裡動手。那些屍體，毀了又如何，最終該甦醒的也不是他們，這些都只是擺設品，一點用處也沒有。」

「這個地方沒有人該甦醒。」琥珀嘆了口氣，「『我』也是，『妳』也是。」

「唉呀，看來這次的你，比原先的『設定』速度還快清醒，這是怎麼回事呢？」女性歪著腦袋，露出有趣的笑，「我知道了，答案就是，你為了這些人提前解除所有保護程序對吧？嘖嘖……這次的人們，似乎在你心中比較重要呢？然而，現在的你是他們所認識的人嗎？或者又是會冷眼看著他們化成一堆灰的人呢？」

「妳在說什麼啊！管妳是不是神，琥珀就是我家的琥珀，什麼灰不灰的！」青鳥直接把人繼續往自己身後護。不知道為什麼，他就是很不喜歡這個女人對琥珀說話的態度，感覺好像隨時要把琥珀給吞了，可惡！

有黑島又怎樣！琥珀是他家的啦！

「好沒禮貌啊，瑟列格家的猴子。」女性皺起眉，周圍的空氣突然扭曲了下。

再度把矮子的腦袋往下一按，琥珀抓住了空氣形成的利刃，將傷人的力量散化歸無。

「這次我的答案如同以往，我認爲七大星區依然有必要存留，雖然聯盟軍做惡，但值得存續下去的事物很多，不應該抹滅。」

「阿克雷，你是不是輪迴太多次，腦袋糊塗了呢？」女性指指一邊的強盜團，「這些塔利尼家族的人似乎不這麼認爲呦。」

「七大星區早就腐敗，應該連同人類全數毀滅。」噬冷笑著，「我們家族的使命就是要把所有一切回歸原始約定，阿克雷只接觸了少數的人類，不能代表所有。既然第一家族還有人存留，應該由第一家族做決定，那些背叛者沒有要求第一家族忍氣吞聲的餘地。」

「我眞喜歡這一次的塔利尼。」女性拍起了手掌，露出很讚賞的笑容，「說的是人話呢。」

琥珀再次嘆了口氣，但重新抬起頭時，身上突然出現了壓倒性的驚人魄力，連噬都反射性戒備起來。不只強盜團，沙維斯等人在訝異同時，各自往後退開一步，三分警戒地看著少年。

「我說，你們都給我閉上嘴。」琥珀語氣一轉，變得比任何人更加冰冷，比往常更不近人情，像是霜雪般沒有任何溫度，「你們讓『我』用這種方式甦醒，已經讓我很火大了，真要把我惹火，管你是不是母艦，我『阿克雷』直接讓所有東西永遠沉入海底。」

說著，他轉向了噬，冷漠地繼續開口：「這幾百年來，我看過的人類比你們整支強盜團都還要多，所以，給我閉嘴！否則你身後那些人就會永遠泡在這裡的水槽裡，包括你在內。」

「你——」美莉雅一個火大正想衝上去發飆，黑影的豹與克諾同時攔住她。

「琥珀……？」青鳥有點遲疑。

「你們也別說話。」語氣稍微放軟，琥珀淡淡說著：「我的時間不多了，麻煩配合一點。」

「……什麼意思？」不是不想配合，但是青鳥聽到好像不太對勁的話，整個人突然又浮起那種不祥的感覺。

「你們還不知道嗎？」在上頭看戲的女性打斷了青鳥的問句，把玩著自己的手指頭，很隨意地笑了笑，「不知道『阿克雷』怎麼形成的嗎？」

「……」琥珀無語看著上方的女性。

「別用這種眼神，會讓我感到更有趣。」女人乾脆飄了下來，虛無的身體在幾個戒備的人身邊轉了轉，然後停到無人的空地，「阿克雷被害死時候，腦部被嚴重破壞了……幸好當時我們備份了他的記憶資料，複製了阿克雷的『大腦』。但是啊，不知道爲什麼，總是做不出來和『阿克雷』一樣的存在。每個人偶不是無法接收大量訊息而自毀崩潰，就是產生了記憶衝突而暴走，最後，終於找到了一個方法。」

「什麼方……」

「想知道的話，就下來呀。」

女性腳下出現了黑色的通道口，她就這麼開開心心地蹦跳進去，身影很快消失在黑暗中。

強盜團的人一點猶豫也沒有，立刻跟隨而下。

「……你希望我們跟下去嗎？」

先開口打破沉默的是波塞特，他看著好像變了個人的少年。對方身上出現了難以言喻的深沉力量感，那是只有最頂尖的能力者才會擁有的。但眼下不適合追究，他就和沙維斯一樣按下了疑惑，然後發問：「不管你是琥珀還是阿克雷，我都尊重你的決定。你希望我們下去，或是不希望我們下去？」

他知道，接下來「莉絲」要告訴他們的，估計就是「琥珀」的所有身世。

但是琥珀的樣子看起來不像樂於告訴他們，否則打從一開始，他們就會知道。

停頓了片刻，琥珀才緩緩開口：「都到這種地步了，說什麼鬼話，走吧，全部人都一起。」

青鳥想了想，小跑步跟上所有人，然後一把抓住琥珀的手腕，「放心，我會陪你的，你還是琥珀，沒變。」

「在下也會陪著你們的。」大白兔晃著耳朵，紅色的寶石眼睛看著用冰冷僞裝自己的孩子。

「唉……」

琥珀這次是眞的嘆息了。

□

踏入通道，青鳥等人看見「莉絲」與強盜團在不遠處等待他們，像是算準他們肯定會下來般自信。

「既然你們通通都下來了，那讓我們繼續聊天吧。」

莉絲揹著雙手，像是玩耍似地悠閒漫步繼續往前走，完全忽略自己只是影像的事情。

「阿克雷死亡之後，我們發現他是被暗殺的，頭部嚴重受損，就像你們在其他地方發現的人造人或屍體一樣，死得很不像樣。明明是個能夠創造世界的人呢，卻如此天眞就被身邊的間諜給殺害了，死的時候也沒有留下其他跡象，怎麼也找不到凶手。」

「我有疑問。」

被打斷了敘述，莉絲回過頭，並沒有顯露不開心的神色，反而好奇地盯著開口的波塞特。

波塞特無視弗爾泰對他投來的擔憂視線，很直接地說道：「既然是家族要搶權力資源，照理來說應該佔有的是阿克雷的腦袋吧，我相信依照你們的技術，拿下阿克雷腦子的方法多得是，包括複製什麼記憶人格，甚至洗腦讓他成爲己方的人都可以，沒有道理直接毀掉他的腦部才對，這樣不是毀掉最重要的資產嗎。」

「這眞是個好問題呢，我們也百思不得其解，但是都過了幾百年了，事情的眞相早就無法找出，只能說，他們殺了阿克雷這是事實，最確切不過，至於其他的動機，誰能知道。」停頓了片刻，莉絲繼續說道：「我們複製的人格記憶，也是提前準備的，所以並沒有當下的相關資訊。雖然並不認爲會用上，但阿克雷畢竟是人類資產，爲了預防萬一，在所有人勸說下由第一家族親手複製過唯一的一次，也僅只有第一家族可使用並保管，誰知道會用上呢。」

走在一邊的青鳥發現女性又用詭異的眼神往琥珀瞟，他立刻擋到琥珀前面去……雖然只能擋一半。

「好吧，言歸正傳。」聳聳肩，女性對於以前的事很不以為然，「被家族襲擊時，我們才發現阿克雷另外設下一些屏障，沒有相應的系統、或是相應的人，第一家族的毀滅武器是不可能隨意啓動的，要經過很多複雜的指令和手續，於是我們只能迎戰，並牽制那些忘恩負義的家族們，直到我們近乎死絕，才讓母艦沉入海中，脫離所有家族的掌控……那之後，又過了很多年，人偶們一邊阻隔叛軍，同時慢慢復甦一些事物，也讓我重新甦醒，我們取出了阿克雷的『備份』，試圖製作一個新的『阿克雷』，重新解放整艘母艦，好毀掉七大星區，然而每次都無法完整。就像我方才說過的一樣，人偶無法承載阿克雷所有記憶，大部分都自我毀滅，或是崩潰，或是死機，怎麼都做不出新的『神』。」

「最後呢，我想到了一個方法。」

莉絲轉過身，微笑著，「噹噹，歡迎來到蘭恩家最最最最——隱密的墓園！你們將會在這邊見到一切起源的神喔，要懷抱著感恩的心。」

隨著像是玩笑般的笑語，女性身後打開了一扇門，門後透出柔和的光線，很快替眾人照亮內部所有的東西——

不大不小的白色空間中很簡單，只擺放了幾具透明的玻璃棺，沒有其餘特殊的紋路，也沒有紀念性質的擺設、陪葬物，只有一具具躺在其中的人體，顯得特別孤單。

如果不是莉絲帶領，包括波塞特在內所有人很可能都會以爲這只是再普通不過的其他成員遺體收納處，絕對不會想到是被人類崇敬數百年的「神」的沉眠之地。

「來吧，對於你們而言，能親眼看見眞正的『阿克雷』應該是無上的榮耀。」站在空間最深處的玻璃棺前，莉絲微微偏著頭，對著所有的人微笑，「這樣等等死了之後，應該也能很滿足地回到母星吧。」

雖然知道女性並沒有抱持著好意，但是長年所崇敬的「請願主」就在面前，所以不論是大白兔等人或是強盜團的人們都不由自主地邁開腳步，既緊張又小心地緩慢走向了玻璃棺，連氣息都不自覺屏住，靠近得直到看清楚了躺在裡面沉眠的青年面容。

雖然早就有心理準備，然而在看見「本人」的當下，每個人內心還是有所衝擊。

被星區過度神話的偉大起源者之一，就像個普通人類一樣靜靜地躺著，雖然軀體新鮮得看上去像是隨時能睜開眼睛般，卻早已失去靈魂，只用不明手段維持生機，如同實驗室那些遺體。

再怎麼看，這也就是尋常的人類。

沒有神話中說的擁有無上力量，能夠庇護所有的人、或是懲罰惡人。

就只是個人類，而且死去已久。

青鳥看向身邊面無表情的少年。很像，真的非常地像，就和琥珀同個模子印出來一樣的青年，讓他完全可以知道再幾年之後琥珀會長成什麼樣子。

嗯，果然是個帥哥。

躺在那裡的古代人類雖沒有睜開眼睛，但是面容和五官很深邃，皮膚則是很白皙，可以想像得出來生前肯定很受歡迎，走在路上會有很多大女孩小女孩紅著臉偷看的那種。

不過讓青鳥比較疑惑的是，既然不意外地和琥珀長得很像，那也就表示與伊卡提安一模一樣了，外表年齡還幾乎相仿，那伊卡提安又是……？

強韌的家族基因？

蘭恩家不知道有沒有意識到伊卡提安和「神」長得幾乎一樣啊。

青鳥摸摸自己的臉，思考著他們第四家族不曉得會不會有人和初代同模子印出來地像。有機會能再回到第四家族時，一定要好好翻翻歷代先祖的長相才對，肯定會有很多出乎意料的撞臉。

「如何，各位冒險者對於自己的終點滿意了嗎？」

被打斷了歪掉的思考，青鳥和其他人一起抬起臉，從各種複雜的心思中回過神，看著再度飄浮到空中的女性。

「我明白的，你們看見『阿克雷』只是再普通不過的人類，估計有幾分失望。不過事實就是這樣，不論是『阿克雷』或是被你們捧上高座的其他『神』，原本就只是個人類。每個人都只是害怕母星崩毀，所以搭上了『方舟』逃離滅亡，遠渡星河來到此地妄想延續下去的『一般人』，既膽小又貪生怕死。看看你們四周其他人吧，相信有許多在星區中也是大大小小的神呢，然而終究難逃一死，永遠地沉屍在深海當中。」俯瞰著所有人，莉絲說道：「數百年來，你們相信的究竟是什麼呢？無上的力量嗎？人類無法觸碰的偉大身姿嗎？創造新世界那不可思議的傳說嗎？如今看見的既普通又平凡，是不是覺得謊言被戳破了，你們只是被迫相信那些始作俑者的愧疚與控制謊言，真是讓人挺失望的對吧。」

「不，在下並不失望。」大白兔站了出來，深紅色的眼睛對上同樣是傳說中的神祇，

「請願主對於在下而言，是信念，在下相信『阿克雷』的那份信念。人類能夠從母星中躲過滅絕而生存下來，又奇蹟似地在數億光年之外找到新世界……即使僅僅只是人類，但初代人類們不放棄的努力成了比擬神一般的『神蹟』。這些努力就是在下的動力，亦能支撐在下渡過各種難關，即使粉身碎骨了，在下也不會懼畏。」

「沒錯，我當然早就知道『神』都是初代人類這種事情，但是人本來就會向偉大的事物祈禱嘛。」青鳥聳聳肩，「瑟列格家族都教得很清楚呀，我們也會崇拜光神，也有其他家族喜歡自然的崇敬自然，這沒衝突啊。」

「說起來，我以前在航行時也聽過崇拜惡神的少數部族，他們如果看到『惡神』是個影像投射在亂跑，應該會比較吃驚吧。」波塞特繼續無視旁邊弗爾泰對他使的眼色，很直接地開口：「所以，帶著我們參觀完偉大的『神』之後，要換妳現出眞身了嗎？惡神『莉絲』？」

「……行啊。」

並沒有因此被激怒，女性反而笑得更加漂亮，「按照往例，讓你們把所有事情都弄清楚，再一起化成灰比較心甘情願，對吧，『阿克雷』？或者你現在比較喜歡被叫『琥珀』？我其實不太喜歡蘭恩家幫你取的新名字，每次都不太好聽。」

「不論用什麼名字，最後你們還是都只叫你們想叫的，不是嗎。」琥珀冷冷勾起唇，「我在意的人們不要叫錯名字就好了，其他的無所謂，反正你們從來也沒有在乎過。」

女性笑著，沒有回應挑釁般的言語。

「妳剛剛說的方法是什麼？」

打斷了短暫的沉默，在一邊的嗌環著手，將視線從阿克雷的遺體上收回，「雖然我們有家族的記錄，但是沒有更深入的情報。」

「哎呀，終於要再說回正題了。」莉絲慢慢坐到了阿克雷的玻璃棺上，右手手掌輕輕觸碰冰冷的透明平面，有些輕柔，也有些小心翼翼，「那是一個很簡單的方法呀，既然阿克雷設下了只有蘭恩家和第一家族同時操作才能解除的控管，那我只要找到同時符合這種條件的存在就行了。」

「存在？」

大白兔晃了晃耳朵。

「你們從來沒有想過嗎……身爲第二家族的阿克雷，爲什麼會有第一家族的頭銜呢？」莉絲微笑著，笑容越來越深沉。

被她這麼一說，幾個人再度回想起之前各自的疑惑。

「不用想太多，學長，就和你們一樣。」琥珀淡淡開口。

「和我們……啊！」青鳥在那瞬間突然整個都想通了。

在瑟列格家族中，通婚的家族如果地位較低，就會歸屬到地位比較高的家族系統，不只第四家族如此，現今許多家族都是這樣，所以經常被使用在提升自己地位的手段上。

「阿克雷，迎娶了第一家族的人。」

莉絲站起身，按著自己的胸口。

「惡神『莉絲』，即是『請願主』阿克雷的妻子。」

□

青鳥覺得自己腦袋大概有好幾秒都是空白的。

雖然他們有想過很多種可能，但是卻沒有去想最簡單的那一種。

身爲第二家族族長的阿克雷與第一家族通婚，所以被併入第一家族當中，同時管理第二家族，具有雙重身分。

對於第一家族體系來說，這是最有效的通婚，不論在政治或任何一種意義上都能達到最大的益處，所以整個第二家族才會和第一家族幾乎綁定在一起，相互協助，完善整個星區，就連毀滅都一起被毀。

「唉，我們可是情投意合在一起的呢，並不是因爲想要併吞蘭恩家的手段。」莉絲刻意露出有些苦惱的表情，然後說道：「當時，可是被所有家族給祝福了，沒想到祝福的話語都還記錄在系統中，隨時都可以重播那天每個人的笑容，他們就先殺了我的丈夫呢……你們評評理，這要讓我如何原諒人類呢？眞是太讓人傷心了。」

「我看妳這幾百年來調適得很好。」波塞特看對方根本是開玩笑的態度，完全沒有什麼哀傷的意思。

「是啊，雖然已經不再悲傷，但是恨意不會消失，越燒越烈呢。」莉絲也很直接地回覆青年不太友善的話，「他們殺害了阿克雷，闖進母艦想要吞食一切，甚至抓走了我們的族人妄想掠奪我們的能力取而代之，最後，連我都成了這個樣子，我想就算再過個幾千年，我還是想要毀滅世界吧。」

「妳說的很有道理，是我也會想要毀滅世界。」波塞特其實能夠體會對方的心情，如果今天換成海特爾被殺，身邊的親友與家園被襲擊，他絕對會把世界燒成煉獄，「不過，現在我的親人還在，所以我不會看妳把我們的世界變成地獄，眞的要做的話，我會先讓妳活在地獄。」

「波塞特！」一直在監測惡神力量的弗爾泰對於青年不知輕重的話有點膽戰心驚。才剛見過女性的力量，他們都很清楚，如果對方發難，他們這邊必定會有人折損，他不希望是他的孩子。

「別擔心，反正就如她說過的，她要殺我們，遲早都要交手，幹嘛還需要禮貌，又不會因爲禮貌活得更久。」波塞特嘖了聲，覺得弗爾泰對敵人也太過小心。

「這話說得沒有錯，但是你還是要對我禮貌一些比較好，至少死亡時不會太痛苦，我會考慮讓你有個比較舒服的死法。」莉絲很同意青年的話，「當然，你也不是第一個這樣的人，所以我不會和你計較，只是會虐殺你而已。」

「所以妳還是快點把剩下的話說完吧，要打要殺快點解決，我們還有很多事情得忙。」看著女性，波塞特勾起唇。

「好呀，這不是正要告訴你們最後的重點嗎。」女性比了個畫線的手勢，「母艦上的最後一道防護線，被阿克雷暗暗設下了必須要第一家族與第二家族的人同時操作才能解開，這樣才可發動最後兵器毀滅星球所有一切。既然如此，那麼我就只能想辦法讓這樣的存在回到我身邊來，同時又可以承接人偶們無法接受的龐大資訊。」

莉絲在眾人面前猛地消失身影，再度出現時，已經在琥珀身後，微笑著抱著少年的頸子。根本沒預料到她會突然繞過來的青鳥反射性想做點什麼，被琥珀一個冷瞪停住手，只能眼巴巴看著威脅。

「這個孩子啊，可是我們費盡千辛萬苦才完成的。阿克雷的記憶太龐大，每次要植入都要好長一段時間，而且必須分段讓記憶甦醒才行，否則即使是人腦也很容易崩潰，你們在認識他之後應該覺得他有些事情好像都在隱瞞，又或是反覆不定吧。」靠在少年的身邊，莉絲微笑著說：「那是因爲他的記憶資訊是階段性開放的呦，一直到他成年，才會完整解放所有的記憶，到那時候，就會是我完整的『阿克雷』了。」

頓了頓，女性滿意地環顧眾人或多或少露出的驚愕反應，繼續開口：「每當時機成熟，他就會帶著星球的裁斷回到我身邊，然後決定要不要釋放母艦，可惜這種事情一直沒完成過。不是『阿克雷』太過優柔寡斷，就是他來不及完成，只能再等待下一次的機會了。」

「……這是第幾次？」從話語內聽出不對勁，沙維斯盯著少年，「你們不是第一次放出監督者？」

「好多次了呦，每一個時代，我們都會想辦法接觸某些人，然後讓他們將這孩子接出母艦，最後再讓蘭恩家回收，將這孩子沉入海中，直到我們的軌道經過收回，接著再重新放上下一個世代。」莉絲收緊了手臂，「沒錯，你們不是第一批回到這裡的人，已經是第五批了，前面幾次的人都死了，死得非常乾淨。為了不讓『阿克雷』被這些無用的記憶影響，通常我們會刪除這些回憶，把原始檔重新再移植到他的腦內，比較容易處理。」

「所以琥珀眞的……」是人造人？

青鳥愣愣地不敢把後面的話說出來，就怕說出來會眞的變成那樣。

「人造人嗎？眞失禮，並不是。」莉絲直接說出對方的猜測。「剛剛都說了人腦了，那當然是人類，只是結合了第一家族和第二家族的基因所出生的人類。」

「那還不是人造人！」美莉雅覺得有點不太舒服，他們之前一直緊盯的居然是個人造人，這種東西耍了他們好長一段時間。

「小姑娘，妳也很失禮，什麼結合就會是人造人啊。天啊，現在的新人類都不用腦袋嗎？」莉絲露出了不敢置信的誇張表情。

「……是孩子。」

低低的聲音讓美莉雅轉過視線，與其他人一起看向發話的大白兔。

其實就連自己也很難相信這件事，但是大白兔認爲自己應該沒有會錯意了，莉絲一直在耍著他們玩，但她透出的意思應該也就這麼一種了，雖然很無法置信，也很嚇人——

「琥珀是，『阿克雷』與『莉絲』的孩子。」

□

墓園內一片死寂。

青鳥在那瞬間腦袋完全空白，反應不過來大白兔所說的意思。

過了好一會兒，他才結結巴巴地從震驚中回過神，看著刻意讓他們有時間震驚的女性和臉色一直不怎麼好的琥珀，不知道應該要先問誰，「這……這到底……不對啊……我碰上他的時候他很小……」

「如果琥珀弟弟是你們的孩子，怎麼送出的時候會是嬰兒？」波塞特瞇起眼眸，不太相信。

「這很簡單呀，因爲他有第一家族的身體。」莉絲似笑非笑地回答了一個讓所有人更加一頭霧水的答案，「第一家族，和人類是不同的。」

被這麼一說，波塞特不知道爲什麼，突然想起了守墓者說過第一家族沒有遺體的這回事，但是他還是不懂爲什麼。

「第一家族是什麼能力者？」沙維斯認爲問題應該是在所謂能力者的身分上。也不是沒有特殊變形的能力者，很可能就與這些有關係。

「我們啊……是神。」莉絲鬆開了手，緩慢地往後方飛開。「你們只是在模仿我們，所有家族卑劣地模仿，因爲他們知道我們的力量，想要掠奪這些，不只權力和資源，他們要的是『第一家族』本身呀。」

「所以，我也只能在發現阿克雷死時切開肚子，藏起我的孩子，因爲我知道他們對阿克雷動手之後，很快就會輪到我們，如果讓人們發現有這個孩子，那麼他就會成爲所有家族的玩物，被切成一塊塊地反覆實驗，永遠無法擁有人類的樣子。所以必須讓他們找不到孩子的存在，直到我們甦醒，我重新取出胚胎爲止。然後一次一次地，讓孩子接受『阿克雷』的記憶，帶著阿克雷的一切，代替他的父親監看這個噁心的世界，混合第一家族的基因，他可以辦到我們辦不到的事情，一次又一次地去看看人類有多令人失望，一次一次帶回來像你們這些……想要拯救世界的笨蛋，或是想要毀滅世界的傻子，然後告訴我，他要讓世界繼續存活下去。」

「那麼，我也只能殺光他帶回來的人，然後再重新讓他復甦一次，繼續去認清腐敗的世界。」

女性慢慢地在空中飛高了起來，張開雙手，俯瞰著站在墓園中的人們。

「雖然這次早了些，爲了這些人你還動了手腳提早釋放，但也無所謂了。帶著可笑小丑們，你的答案又是如何？」

「我……」琥珀看著女性，然後轉過頭，看向站在身邊的青鳥，還有其他環繞在四周的人。因爲一直認定他不會武力，這些人現在的姿態其實是圍繞著他一圈，方便有變故時可以將他包圍在中心保護。

做各種蠢事的這段時間以來，已經讓他們習慣這種模式的站位了。

「琥珀。」青鳥上前一步，握住琥珀的手腕。

點點頭，琥珀轉回上頭的女性，「七大星區，還有存留的價值，這是我的判斷。不論之前的『我』得到的結論是什麼，這次我是如此認爲。身爲『阿克雷』，我有權不解除武

器安全系統，本艦必須繼續海中航程。」

「啊……眞討厭。」

女性的聲音陡然冰冷，身形在瞬間消失。

「快點離開這裡。」知道對方還在，琥珀轉過身，急著催促其他人，還沒指明路線，突然有人抓住他的肩膀。

「所以這是陷阱嗎？」弗爾泰狠狠瞪著少年。剛才那些話他不盡然全信，畢竟古代人類的事情早就不在星區流傳，這名少年很可能眞的就只是人造人，依女性的話，他還是刻意將他們帶進了這種地方。

眞的如此，他就要在這裡先抹除威脅才行。

琥珀嘖了聲，「我不就是一直想避免這種狀況嗎。」

波塞特上前一步，抓開弗爾泰的手，「琥珀說的沒錯，他本來就不希望大家接觸這些事，不過爲了海特爾，不管怎樣終究還是會來到這。」

「你又知道他不是刻意扮演這種角色吸引你們過來。」弗爾泰抽回手，不高興自己的孩子竟然如此維護外人。

「你也不知道我和海特爾到底會不會是你們想像中的那種人。」波塞特說道：「相不相信是你的事情，我們相信就好。」

「……」

「別吵了，先離開這邊吧。」琥珀打斷父子倆的爭論，現在說什麼都沒意義了。轉過頭正想要帶上強盜團，才發現剛才還在那邊的幾名強盜已經消失身影，「走吧。」

「那……那位不用管嗎？」大白兔雖然知道得盡快離開，但還是有些猶豫地看向那幾具棺木。

「嗯，沒事，莉絲不會動墓園。」琥珀也跟著回頭望去，青年的身軀依然安安靜靜地仿若入睡，數百年來都不曾變動過。

或許，今後也會如此吧？

少年看著大白兔。

也許呢？

第五話▼▼▼散亂的軀體

「阿提爾。」

領著眾人離開了墓園，琥珀一行人走回原本的空蕩大房間中。

還沒意識過來琥珀是在喊誰，突然出現另一種力量感，讓青鳥等人不由得又警戒起來，接著就看見空氣中投射出新的影像，這次是一名清秀少年的樣子，與琥珀同樣有著湖水綠的眼睛與相仿的年紀，連外表都很相似。

「阿克雷？你回來了嗎？」少年露出溫和的微笑，也順帶朝四周其餘人看了眼，彬彬有禮地開口：「諸位安好，我爲阿提爾‧蘭恩，很榮幸認識各位。如果時間允許，我眞想爲各位好好介紹這裡所有的一切，後代的孩子們似乎沒有什麼機會好好認識星艦，實在很可惜。」

「那些不重要的事情，以後再說吧。」琥珀搖搖頭，看著少年，「阿提爾，莉絲的本體還在原來的地方嗎？」

少年慢慢踏到地面上，和普通人類一樣揹著雙手稍微走了兩步，「雖然剛甦醒，不過還在呢，你設下的監視系統似乎還沒被發現，看來『上一回』的小手腳確實有用。」

「那些我不記得了，只要你知道『我』做過哪些就好。」琥珀微微鬆了口氣，然後皺起眉，露出有些煩躁的表情，「重要的記錄再麻煩你陸續傳輸給我吧，我還有些東西來不及同步下來，過往的『我』應該會交付給你吧。」

「好的，我也正在幫你的系統下載。」少年友善地轉向青鳥等人，「不過，你這次的朋友們還眞多呢，力量也很強，說不定這次能夠有效對抗母艦？」

「……我還是希望母艦能夠維持現在姿態就好。」

「這沒辦法呢，莉絲沉默太久了，她的怒火熊熊燃燒，時間拉得太長、幾乎無法收拾，即使你想再多死幾次，我想也很難繼續緩和情勢，說不定『神』希望我們在這一代結束這個死結。」少年抬起手，摸摸琥珀的頭，然而投影的手指卻穿過對方的頭髮。他若有所思了片刻，露出微笑，「阿克雷，你還是想得很天眞，不過夠了，讓你的同伴們協助你吧。我關閉了莉絲對我們空間的使用授權，爭取一些時間，你好好地將他們該知道的事情都告訴他們吧。趁這時間我也先替你們安排一些解毒劑，你們身上帶著空氣毒呢，進門時可眞不小心。」

「嗯。」琥珀再度嘆了口氣，轉向正在等待的所有人，「問吧。」

「這位是？」大白兔晃著耳朵，看向沒有實體的少年。

「阿提爾．蘭恩。」少年再度說了一次自己的名字，重新仔細地介紹：「我是蘭恩家族的直系血脈之一，同時擁有某程度家族系統控制權。母艦到達新世界時因爲空氣與環境無法被人類接受，第一批踏上地面研究世界的人們有部分死於空氣毒素所造成的疾病；當時還未開發有效新藥物，所以很遺憾，我在那時候死了，不過阿克雷複製了我的人格記憶，替他管理系統，或許你們也可以稱呼我是第二家族的系統管理員呢。」

「他是我的堂弟。」琥珀沒好氣地看著少年，用最簡單的方式介紹少年的地位。

「是的，我同時也是與阿克雷同家族的弟弟，只小了他六個月。」少年很愉快地補上這段話，「母艦被襲擊沉入海底後，因爲莉絲掌管了所有控制權，關閉了蘭恩家的備用主機，所以我便開始沉眠待機，每當阿克雷回到這裡會短暫地喚醒我，直到他離去。」

「你究竟是琥珀，還是阿克雷？」波塞特看著琥珀，試圖分辨出對方到底是不是他們認識的那個人。

「我認爲他是你們所知道的朋友多一些。」琥珀還沒開口，少年就直接搭話，「畢竟阿克雷的性格，比較……嗯，我認爲比較溫柔一點，他曾經是一位如何被捉弄都不會發火的好人，非常有耐心，除了研究數據，還教導很多孩子。」

「阿提爾，閉嘴。」琥珀低罵了句。

「阿克雷每次回來都帶著不同性格，我想與他成長的環境有關係，雖然有著記憶，不過大部分都是他的前生資料，我想應該還是有所區別，你們可以放心。」少年無視琥珀的白眼，自顧自地說：「他以前從不叫我閉嘴呢。」

「……」

「太好了！果然還是琥珀。」青鳥很感動地抹了一把緊張的眼淚，他還在想如果琥珀被「阿克雷」的記憶吞噬了該怎麼辦。

「所以你眞的早就知道這裡面會怎樣，還帶我們過來嗎？」波塞特有點疑惑。他其實眞的不認爲之前琥珀的抵抗是演出來的，少年看起來很像眞心不知道這裡面有什麼。

「不知道。」琥珀無奈地再次嘆息，「完全不知道這裡有什麼變化。」

「你來過幾次還不知道？別笑死人了！」弗爾泰只覺得一切都是鬼扯。「先前像我們一樣被騙進來死去的傢伙還眞是可憐啊！」

「大叔，要融會貫通啊，莉絲剛剛有說過了呀。」阿提爾歪著腦袋，慢慢走到弗爾泰面前，「或許我該用『人話』解釋一次。阿克雷被複製的全部人格記憶，只有到他死亡之前，也就是星艦被攻破前的記憶。之後莉絲將這段記憶反覆植入『人偶們』的身上，但是人偶接受不了阿克雷過大的記憶資訊……我覺得正常人都很難啦，阿克雷的腦袋跟個黑洞一樣，人格記憶的資料庫龐大到你們無法想像。所以人偶每次都會當掉，不知道爲何那些人工製作的腦袋都會和阿克雷的數據起衝突，完全沒辦法完成同步。」

「於是莉絲把人格記憶用分段開放的方式植入人腦當中，隨著成長一點一滴地釋放資訊，直到十八歲成年爲止，屆時能取得阿克雷所有完整記憶——只有到他死亡之前一個月，誰會知道自己死亡之後還發生什麼事情，他和你們一樣都得看歷史記錄啊。」

「那要怎麼解釋他多次進來過？」弗爾泰還是不太相信。

「看來力量強大的人腦袋都會有點不好使……阿克雷你例外呦。」少年聳聳肩，豎起手指，有些無奈地眨眨眼睛，其他人看著就有種這少年似乎只是鄰家頑皮孩子的錯覺。

「就像莉絲說的，那些記憶全都被消除了。上一次、上上一次……全部都被清除乾淨了，只留下阿克雷的原始檔，你要『琥珀』怎麼知道那些被刪除的過往？他說不定連自己曾經最好的朋友骨頭被扔在哪裡都不曉得呢。附帶一提，我是曉得的，我想辦法幫你妥妥地收好了，都放在你的『房間』裡頭。」

站在一邊的沙維斯聽著少年的話，看向琥珀，覺得自己也能了解那種記憶消失的感覺。

他只消失了半生珍惜的東西，然而琥珀卻在不知不覺中失去了好幾次所有。如果眞如同他們所說，琥珀曾經活過好幾次，遇過許多朋友的話，那麼追尋記憶將會是很痛苦的事情。

「我這邊雖然也有一些備份，但是爲了要躲避莉絲的追查，留下的影像片段並沒有太多，而且有些像恐怖片，莉絲把所有恨意都集中在那些人身上了，很可憐的。」少年悠悠哉哉地在空中拉出許多視窗，上頭開始跳動出各式各樣的影像。

原先以爲可能是記錄了某些抗爭或在母艦中活動的畫面，然而在大量血肉飛濺而出時，青鳥等人才深刻體會到方才「莉絲」說的那些話是什麼意思。

那簡直是單方面虐殺的影像。

一個一個素未謀面的人在視窗中被折斷手腳，被一點一點刨去皮肉，被絞得血肉模糊、肚破腸流，每一個畫面都殘暴至極，每個人的面孔都痛苦扭曲，被凌遲卻無法死亡，聽從第一家族的人造人們不知道用了什麼方法讓那些人即使被挖去心臟都還能活著，感受所有的痛，直到最後一刻才嚥氣。

那些人甚至死得都不像人類，已經是一堆看不出原樣的血肉。

所有畫面的最後都帶到了一名少年身上，與琥珀一模一樣的少年，全身都是血的少年表情早就木然，再也沒有情緒反應，靜靜地在黑暗中閉上眼睛。

他們幾乎還能聽見黑暗裡傳來女性發瘋般的大笑。

短暫的影像就這麼結束。

「所以，你們也有可能會落得這種下場的勇氣嗎？」

阿提爾露出笑容。

空氣中沉默了好一段時間。

所有人都沉浸在那些可怕的畫面之中，花了些時間才壓下讓人反胃的不適與情緒。

「我想知道，『阿克雷』最後怎麼了？」打破寂靜，沙維斯看著阿提爾，「是否有記錄？」每個畫面最終都是帶入黑暗，沒有留存後續。

阿提爾搖搖頭，「他就那麼死了。」

「莉絲連阿克雷都殺掉？」大白兔很意外這個結局。

「不，因爲第一家族的……」

「阿提爾，那些廢話就不用說了。」打斷少年的話，琥珀關掉所有黑色畫面，尖銳的笑聲戛然而止。「這次我會盡力讓你們能安全離開，這次不同，有人能夠幫助我們。」

青鳥從恐怖片中回過神，直接拽住琥珀的手臂，「沒事！我們很強，不會被殺得那麼慘！」他不知道以前的「阿克雷」遇上那些會有多痛苦，但是他想努力不讓琥珀也遇到這種事。雖然講話很難聽，脾氣也很壞，可是他知道琥珀的心比誰都軟，如果有人死掉，琥珀一定會非常難過。

「……其他的人我知道很強，你的話，省省吧。」琥珀推開最弱的矮子，鄙視他還有臉這麼說。

「放心，我們確實很強。」波塞特爽朗地拍拍琥珀肩膀。雖然剛才那些畫面確實震驚到他，不過他還是對自己的力量有把握，若是自保不了，當初他就不會跟來母艦了。「直接把母艦燒穿一個洞逃走也是個辦法，我都可以放火燒掉荒地之風的領地了。」

「在下不認爲先前的亡者們弱，但在下至少不會因此死亡，請你放心。」大白兔拍拍自己的布偶身體，有品質保證。

「我們會活著離開。」沙維斯認眞地說。

「太好了，阿克雷，或許這次眞的會不同。」阿提爾望著幾個人，不知爲何，他總感覺這些人似乎眞的能做到什麼。「我探測到『他』也在附近，說不定他願意出手，那麼

……莉絲或許也能從這艘船被解放吧。」

「或許會，或許不會。」琥珀環顧著身邊的人，那一張張熟悉的面孔，明明他們自己都知道將面臨的是什麼，卻還是露出不畏懼的表情想安撫他。「莉絲接下來就會開始授權人造人對你們進行格殺，一抓到就會和剛才那些記錄一樣，離開這個區域，很可能就會死，但是我必須前往第一家族的控制室，唯有那裡才能暫時解除莉絲的全面控管，以及接觸她的本體，重新讓她沉睡，所以，如果害怕，你們可以和阿提爾一起待在……」

「走吧。」沙維斯和波塞特率先踏出腳步，往來時的門邊走。

「那些強盜應該也是去了同樣的地方，我們也盡快趕路吧。」大白兔邁開比較短的白色小腿，跟上隊伍。

「……」弗爾泰雖然還是不滿意得到的解釋，不過既然自己的孩子已經走出去，他還是必須跟隨，直到將人完好地帶回妻子面前。

他們尋找孩子這麼久，可不是爲了看孩子死在自己面前。

「走吧！快點解決一切。」青鳥再次抓住琥珀的手腕，「然後回家，我給你買很多很多的大蝦子！你超愛的大隻蝦吃到飽，讚！」

「蝦子啊，眞不錯，你的口味從以前到現在都沒變過呢，唯獨這件事情，每一次都一樣。」阿提爾帶著微笑，「正好，解毒劑也送過來了，你們快抓緊時間將身體毒素清除吧。」說著，他腳邊的地面打開缺口，送出好幾支白色針劑，裡面緩緩流淌著淡色液體。

在琥珀示意下，幾個人注射了解毒劑，同時也感覺到神清氣爽，似乎裡面有著提神的成分，讓他們覺得精神舒服許多，可以重新整頓再出發。

阿提爾目送著所有人踏出門扉。

琥珀回過頭，看著站在空間中的少年，「阿提爾，第二家族的主系統交給你了，全權授權。」

「明白。」少年朝著眾人揮手，依然微笑著。

「……別被莉絲的系統吞噬，現在只剩我們兩個人了。」

琥珀的聲音很低，但少年還是經由空氣監控中聽見，他勾起唇角，「放心，我備份了我的記憶人格，我會陪在你們身邊的。」

然後，白色空間的門再次關上。

「永遠……」

「那是什麼感覺啊？」

「什麼？」

邊引導走向比較不會碰上敵人的安全路線，琥珀邊分心回答後方傳來的莫名問句。

「雖然說你是琥珀沒錯，但是也有阿克雷的記憶，這樣不會精神分裂嗎？」青鳥實在是有點擔心大魔王會繼續進化。

「不會，那些記憶是像夢一樣一點一滴出現的，沒影響到生活，何況我比你聰明，知道怎麼處理自己的腦袋問題。」琥珀當然知道對方又在想歪什麼亂七八糟的，直接白了他一眼，「只是要連貫整理比較花時間，而且小時候我也不太知道那到底是眞的還是假的，有時候我會錯覺那是去別人系統逛街看到的資料。」

「在下雖然不解那是什麼感覺，但聽起來很辛苦。」大白兔想了想，一路走來琥珀讓他覺得違和的地方也算是有個解釋了，只是這個隱情太過出乎意料，也難怪少年死都不願意告訴他們。如果讓其他人知道少年的來歷，估計根本活不到現在，又或者已經落入聯盟軍手中，確實不能怪琥珀對大家的種種隱瞞。

假使不要有任何助力推動，或許少年們現在還快樂地在學校裡，像個正常的孩子一樣享受自己的人生吧——就算帶著阿克雷的記憶資料。

大白兔認爲，琥珀還是比較喜歡平常生活的，那種不太需要發揮他「頭腦」力量的「普通人」生活。

「所以，你的力量到底是什麼？」波塞特差點就忘記這件事情。「第一家族的能力應該不可能眞的是『神』吧？」

「……當然不是。」琥珀冷冷地開口：「眞的是神就不會死了。」

「但你的力量感很複雜，而且到現在我依然認爲你沒有能力。」沙維斯皺起眉。他的「眞實」能力並沒有停下探索過，但是在琥珀身上確實沒有任何能力者的感覺，只有方才抵擋莉絲那一擊時，空氣中出現奇妙的能力者波動，接著很快就消失，探查不到來源。

這種感覺很熟悉，就像先前幾次莫名其妙出現的能力者力量感，後來也都追蹤不到來源，像是……

「難到是調魂？」

之前大白兔背後能力者出沒時，曾經有第三名精神能力介入，那時也找不到是誰。

「不是。」琥珀嘆了口氣，「這解釋起來有點複雜，我和你們不一樣，平常確實沒有能力。」

「我不明白。」沙維斯思考著，他印象中沒有這種能力者的記錄，不只行者中沒有，聯盟軍裡也沒有，若是善加利用，這種無法察覺的能力者很可能會是殺傷力強大的兵器。

按著額頭，琥珀覺得有些麻煩，不過還是對其他人說道：「你們知道能力者是怎樣出現的嗎。」

「基因改造。」青鳥馬上回答這個課堂上經常出現的問題，「科學家研究很多改變基因的方式，然後做了各種改造人，後來就變成能力者啦，那些被改造的基因遺傳下來，就變成天生的了。」

說起來，這還眞是不正常變成正常。

「嗯，簡單地說就是這樣沒錯，但是在更早之前，母星還存在時，當時基因科技沒有如此發達，人類用的比較類似植入性儀器，讓人類能藉由機器成爲超人類，模式相近兔子身上的輔助機甲；之後才有了基因改造的發展。」琥珀淡淡解釋道：「從各種地方收集來的超能力基因終於被人類找到突破口並加以複製，人類就像奪取了不同世界的力量，改變了自己，經由千百年發展，最後成爲像你們這樣的能力者。」

「呃，科學的進步。」青鳥以前沒去在意這種事情，反正自己天生就是這樣，不過現在想想，其實人類也有點可怕。

從完全沒有能力加以改造，然後讓後代天生具備能力。

「聽起來，現在的全人類都是改造人的後代。」波塞特不在意地笑了笑，反正自己這身力量也是經由基因遺傳下來的，雖然說是天生，不過其實也算是「人工」了吧。

琥珀沒認同或反對改造人後代的說法，只是逕自說下去。「然後，在這些能力者基因改造的發展歷史中，曾經也有漫長的『藥物』時間，使用藥物讓自己成爲能力者，但時間很短暫，且人類會因爲各種藥物讓身體受損，最後這項研究被終止，不過提取基因能力的方式保留下來，後來融合進了基因改造當中。」

「等等，琥珀弟弟，別說你是藥物能力。」波塞特才在奇怪爲什麼要說起改造基因的簡短歷史，聽到這邊猛然驚覺。「一個普通人怎麼可能接受那麼多力量？」而且這幾次莫名其妙的能力都不算弱，說是用藥物也太誇張；嗑個藥就可以有強大能力的話，人人都是神了啊！

「……我們的先祖，並不需要使用任何藥物。」琥珀慢慢從口袋中拿出幾個指頭大的小圓球，打開其中一個頂端，露出了細小的針頭，「但是混血稀釋了血脈，雖然不是藥物，不過原理是一樣的，我們的能力，就是能夠經由能力基因或血液，得到短時間的力量。」

「這就是第一家族的能力嗎？」沙維斯看著那些被收起的小球，「吸取……不，好像是奪取了特殊力量來使用。」

「奪取嗎……呵，說不定你說的是正確答案呢。」琥珀轉過頭，背對著其他人，繼續往前領路。「蘭恩家並沒有這種力量，莉絲需要『我』，所以才用了他們共同血脈的孩子，一方面是能夠無排斥接受阿克雷的記憶移植、利用蘭恩家的身體啓動只有第二家族才能用的箝制系統，一方面就是在能力上我可以協助莉絲，摧毀這個世界。」

「這樣對身體眞的沒問題嗎？」青鳥想了想，還是很擔心。

「……！」一邊的大白兔突然停下腳步，吃驚地望著琥珀，突然覺得自己明白了什麼，接著連忙快步走到少年身邊，「如果可以，在下希望你別再使用那種力量了。」

如果他想的沒錯，琥珀之前的異常恐怕就與第一家族的奇異能力有關係，那怎麼看都不是好的發展。

青鳥察覺了大白兔語氣中的憂慮，也跟著皺起眉，「琥珀，你有什麼……」

「敵襲。」

打斷了閒談，沙維斯揮出長刀，與波塞特等人立刻分站外圍。

出現在他們面前的，是好幾名人造人。

「殲滅系統啓動。」

□

第六星區

「小茆，妳在下面嗎？」

抱著麵包籃，庫兒可順著藏匿點的通道往下滑。這是森林之王借予她們的安全藏身處，距離黑森林相當近。月神組織被剿滅後，相關的殘留協助者部分接受了黑森林的庇護，由森林之王照顧這些人。

雖然只是短短時間，但庫兒可看著小茆已經策動了不少反抗聯盟軍的行動，在許多城市中開始與聯盟軍有了衝突。願意協助處刑者的人們比想像中還要多，尤其知道月神組織遭到背叛，很多後援會的人甚至主動提供大量情報，告知處刑者們哪些聯盟軍有不爲人知

的污點或者不堪的祕密。

第六星區，雖然表面上看起來依舊和平，卻已經在檯面下燃起星火。

這點對於最近正要出兵前往第七星區、「聯合鎮壓」的第六星區而言，相當不利；畢竟這就表示第六星區須要分散兵力，來應付星區內的動亂——即使一般老百姓並不知曉，老百姓看見的只是聯盟軍要前往第七星區拯救那可憐被強盜團破壞的土地而已。

聯盟軍，需要的是被安穩畜養的聽話百姓，而不是什麼都知道、想要表達意見的百姓。

「嗯，我在下面。」

抬起頭，小茄正好看見庫兒可蹦到自己面前，有點獻寶地將麵包籃往她手上放。

「這是人家送我的，我們一起吃吧。」離開實驗室之後，庫兒可最開心的莫過於有很多漂亮的衣服和好吃的食物，這比在實驗室裡好上幾百倍。不管聯盟軍是怎樣，她都認爲現在的生活很開心，雖然小茄遇到很不好的事情，暫時能做到的只是陪在她身邊，但庫兒可還是覺得這樣的日子好太多。

有漂亮的、好吃的，還有應該是能夠幫忙的人，這樣應該算是眞的過上日子了吧。

「嗯。」被這麼一提醒，小茄才意識到從昨天到今天，似乎還沒吃上任何東西，庫兒可這時間跑過來，估計是刻意帶食物給她吧。

「琥珀他們不知道現在如何了。」拿過杯子，庫兒可替兩人倒滿熱牛奶。

兔俠一行人前往深海母艦後，岸上的聯盟軍不知道從哪裡得到消息，也紛紛派遣了大量水上軍隊試圖探索深海，不只第六星區，各地傳回來的情報顯示各大星區都急速進行了類似的祕密行動，水底下感覺整個熱鬧了起來。

「他們會沒事的。」小茆露出淡淡的微笑，「琥珀在呀，不管發生什麼事情，都沒事的。」

「嗯，他雖然很討厭，但是很厲害。」庫兒可用力地點點頭。

笑著，小茆繼續將注意力放回剛才手邊的資料上。

「妳在看什麼啊？」雖然知道小茆在策動反叛軍，但是庫兒可對這些不太懂，只曉得之後要幫忙打聯盟軍就好。

「準備要襲擊聯盟軍各地重要據點的布置，已經快要能夠展開第一次大型攻擊了。」

小茆用冰冷的視線看著快速跑動的數據，「既然他們要如此剝奪，我們也不會和平共處，這個世界就讓力量來說話吧。」

早該如此，原本就該如此，沒有道理他們必須被弱者擺布，連重要的人都守護不了。

阿德薩和露娜就是相信了那些人，才會毫無防備地被殺，直到現在屍體都還無法帶回來，她連最後一句話都來不及和他們說。

露娜在死前，一定很害怕吧。

「小茆？」

上面再度傳來聲音，兩人抬頭一看，看見了黛安走下來，「泰坦那邊來了訪客，他希望妳們也過去。」

「蒼龍谷的？」小茆想了想，不確定自己的活動和那些人有什麼關係。

「不是，我也不知道是哪來的，總之泰坦讓妳過去，說是很重要的事情。」黛安也不太理解森林之王的用意。

泰坦不是眞的重要的事不會託人帶話來，更何況是找黛安。

想想，小茆還是站起身。

因爲黑森林離安全點並不遠，所以三人很快就回到了黑森林內部。

雖然還處於被包圍的狀態，但因爲蒼龍谷再次前來援助，空中增加的飛龍讓聯盟軍不敢輕舉妄動，還退出了好一段距離，讓黑森林外圍警戒寬鬆了不少。

似乎不太在意聯盟軍的想法，蘭恩家在青鳥等人離開之後，又陸續抵達兩波援軍，黑森林中心點的巨樹上已經棲停了十數頭飛龍，或站或坐，看起來相當驚人，也讓黑森林的成員鬆了口氣。

一踏入大樹內部，小茆就看見不少蒼龍谷的人協助警衛，每個人身上都能感覺到蘊藏著強大力量，看來蘭恩家不知爲何非常在意黑森林的安危。

接著，她看見了蕾娜，就站在泰坦旁邊，兩側還有不少黑森林的重要幹部，以及看起來似乎地位很高的蒼龍谷成員。

就在這些人的前方中心處，站著一名白色頭髮的小孩。

當他轉過來時，小茆先是看見一雙沒有情感的紫色眼眸，接著是那張稚嫩幼小的白皙面孔，一道令人注目的傷疤就在他眼下。

□

「這位是，『神』的使者。」

「你們還好吧？」

琥珀看著一路上被虐過來的幾名夥伴，雖然嘴上都說可以應付，不過經過幾輪人造人襲擊後，開始明顯露出疲態。

扣除掉沒有實際肉體的大白兔，被攻擊的人多少有些受傷……或許眞的太早讓他們下來，如果能再拖延一些時間，是不是會更好一些？

「沒事。」沙維斯揮掉刀上的血液，即使是人造人，這些流動的血仍與眞人很相似，假造的生命黏稠地附著在刀面。

「還很遠嗎？」波塞特彈掉肩膀上的燒焦碎片，看著不管怎麼走都很相似的白色走廊，感覺這些路好像走不完一樣，他們至少已經走了好幾個小時，雖然大部分都是在應付沒完沒了的人造人。

不過不知道爲什麼，相較起其他人，波塞特覺得自己好像比較輕鬆一些。不曉得是不是他多心，總覺得人造人都挑其他人攻擊，給了自己很多喘息的機會，幾乎像是在輔佐一樣擊退攻擊其他同伴的殺手。

爲什麼呢？

波塞特想了想，沒想出所以然，也就算了。

「不遠。」琥珀看著熟悉的路徑，雖然「自己」沒走過，但一切都熟悉得好像昨天才剛從這裡散步離開。

「所以你還有什麼沒有交代完畢的嗎？又或者下一個地方還是陷阱？」弗爾泰瞇起眼睛。

琥珀聳聳肩，懶得再爭吵。

就如同琥珀說的，又打掉兩波人造人之後，他們很快進入了景色不同的區域——一整片深黑的狹長走道。

接下來行進便快速許多。不知道爲什麼，一到這區域之後反而再也沒有受到人造人的襲擊，竟然就讓他們安全通過黑暗走廊，最後停在同樣黑暗的大門之前。

沒有傳說中什麼惡神的可怕猙獰圖像，或是任何一種表現這裡邪惡的紋路、裝飾，就是一面什麼都沒有、最普通不過的門扉，好像打開之後，裡面住著的只是普通居民。

「走了。」

這次沒有再勸退任何人，琥珀只輕輕打了個招呼，接著就打開了黑色大門。

靠在一邊的青鳥看著自門縫中透出的光。曾經多少次在英雄片裡出現、想像過的惡神居住地大多都是詭異又可怕的邪惡場所……雖然現在看到的也算是，但比起那些片中的場景還要普通許多，看起來簡直就只是個一般住所。

這就是結束一切的地方？

黑色的門慢慢打開之後，他們看見的，是一座巨大的水槽。

沒錯，就是那種可以養很多水中生物的大型水槽，然而在裡面載浮載沉略微漂動的東西並不是水中生物，而是一塊一塊的內臟、一片一片像是肉一樣的碎片，隨著隱隱的水流不斷在槽內起伏。

雖然很想說服自己那可能是動物的臟器，但很快他們就看見一邊有具沾黏著大量皮肉的人類殘軀，也是四分五裂，還能看到筋膜，像是才剛剛被切割不久，相當新鮮。

即使是青鳥，也馬上就注意到這是一具女性被分解的軀體，偌大的水槽裡就這麼一個，看起來有點孤伶伶的，也有點可怕。

這是誰的屍體？

「你果然還是把外人帶來看這些醜態啊。」

莉絲的影像再度出現在他們面前，有些不以爲然，表情充滿了冷淡的嘲諷，「那些人類把我弄得如此醜惡，還眞是有些不好意思呢。」

「『莉絲』的殘軀？」波塞特愣了一下，重新看向水槽裡支離破碎的肉塊，如果他沒有感覺錯，這些明明都還……

「活著。」沙維斯皺起眉，他確實從這些碎塊上感覺到隱隱的力量與衰弱的生命感，分裂的肉塊似乎靠著水槽中的營養液存活了下來，但並沒有重新組合修復，就是用這種詭異的姿態保存著生機。

不是幾年、幾十年，而是幾百年都這樣存活嗎？

莉絲彷彿看出幾個人的複雜心情，露出愉快的笑容，「沒錯，和你們想像的差異很大吧。你們這些人估計還在編織那個『惡神』在自己的『黑島』上正在準備著各種毀滅星球的計畫，當然，是『完完整整』地準備呢。誰也不知道這個惡神早在幾百年前被家族分屍了，想要取得第一家族的力量，還被人造人撿回來保存呢。」

「這到底……」青鳥忍不住又往那些肉塊看了幾眼，接著發現好像缺了某些部分，例如腦部……

「這大概是那些人類唯一值得稱讚的事。第一家族死亡之後基本上是無法保存的，

難得他們可以想到這種辦法將我活生生地分解了，又把肢體的機能維持在全盛狀態，令這個形體至今未曾消散呢。我也就這麼難得地，『活了下來』。」說著，女性看向了琥珀，「幸好當時你還是個胚胎呢，要藏起來很容易，才沒被那些家族給奪走，否則現在你可不存在啦，更別說站在這裡瞪我呢。」

她的語氣稀鬆平常，就和剛剛一樣完全沒變過，說得好像是再日常不過的事情。接著又熱心地爲所有人介紹了起來，「當然，腦袋我放在別的地方了，這麼重要的部位，可不能隨隨便便就被別人給找到。好啦，大魔王的巢穴你們都已經到達了，如果想要進入主控制室，就必須在這邊得到一些授權，打開比較不會被攻擊的專用通道。按照故事進度，現在開始就要正式決一死戰了，快點打一打，別妨礙我睡美容覺了。」

每個人都已經有了心理準備接下來就是硬碰硬的時間，所以對於女性這種調笑般的說法一點也輕鬆不起來，而且還有種被鄙視的感覺。

幾乎話才一說完，四面八方再度撲上那些好像沒完沒了的人造人。

正當所有人要再次清除這些襲擊時，地面突然搖晃了下。

照理來說，母艦這種巨大的星際航艦爲了能夠橫渡整片銀河而製作精細，是絕對不會有什麼晃動的，更別說是外來的晃動——這陣微弱的晃動的確是從外面傳來，似乎有什麼強大的力量震動了整艘星艦，讓餘波傳至裡頭，就連艦內部分區域都傳來了警鳴聲響。

莉絲似乎也沒預料到這陣撼動，明顯愣了幾秒，接著似笑非笑地勾起唇，「眞難得啊，看來這次訪客不只一點點，還來了更多無恥的人呢。阿克雷，顯然你刻意要埋藏母艦的方式並不奏效，更多東西聞著你們的味道來了，而且數量還很多。」

「確實，看來有人刻意把這個地標送出去了。」琥珀嘆了口氣，他也不是很想懷疑自己人，雖然顯而易見，但還是別說破比較不傷感情。「看這個力道，應該是要被拖上去了吧，這樣好像和你們的計畫也不符合，不是嗎？」

這句話問的不是莉絲，而是藏身在水槽後面的幾個身影。

青鳥等人這時候才發現早一步消失的強盜團就在那邊，噬等人都在，不知道爲什麼唯獨缺了美莉雅，而且他們的神情很不對……很空白？

連影鬼看上去都不像往常一樣有各種變化，就是一個狼一般的形狀半臥在側邊。

「不用看了，他們已經被莉絲取走身體，現在應該是暫時處於無意識狀態吧。」琥珀很快就察覺到女性動了什麼手腳。

雖然站在陰影處，不只是琥珀，就連沙維斯等人都注意到強盜團腦部後牽連著幾條有些透明的不明物體，那些細線有些被收進了水槽，有些深入黑暗進了無法辨識的位置。

「這段時間我也不是毫無作爲呀，總是要多研究幾個應付人類的方式，這樣把程序寫入他們腦中快多了，不用在那裡慢慢浪費口舌，還能順便備份他們的記憶，好讓我知道這些年來外界發生哪些事情。」莉絲很開心地說道：「然後我發現他們幫我把母艦停泊處都找好了呢，那個叫作第七星區的地方，那些毀了也無所謂的建設，還有大大的土地，只要我把母艦展開，立刻就能夠從那邊反攻所有家族喔，這樣不是很棒嘛。」

「那也要看看能不能拖上去。」琥珀冷冷瞇起眼，正要有所動作時，旁邊突然有人往他身側擋了下，這才看見不知道什麼時候，一行人周邊已密密麻麻地包圍了一層那種透明的線，編織得如同網狀般，毫無出逃的縫隙。

擋了一下襲擊的是弗爾泰，纏繞在他手上的無形高溫直接燙捲了正要落到琥珀身上的細線。

「現在也會轉移注意力了，難怪變得這麼囉嗦。」琥珀微微往上看了下，天花板與四周牆壁果然同樣爬滿了線，正在伺機而動，看來只要他們放鬆戒備，就會和強盜團一樣成爲那邊的一員。

「嗯，我想了想，果然阿克雷還是要乖乖聽話得好，這樣你就不會一直與我作對了，就像以前一樣疼我，那不是很好嗎。」莉絲張開手，說道：「來吧，這次我可以對你和你帶來的祭品們手下留情，你們都將成爲我的一員，攜手一起成就不再有惡毒的新世界。」

「你的人還有多久才會到？」琥珀看著一邊的弗爾泰。

「……最慢半小時內。」弗爾泰也很坦然地回答。

「什麼意思？」波塞特皺起眉，看向男子，「所以外面的人是你引來的？」

「除了他們的主子和少主都在這裡，你認爲大名鼎鼎的傭兵團烏爾眞的會放著母艦這種龐大的資源和利益不管嗎？」雖然有針對這點做防範，但琥珀終究防不了有心的人，畢竟能力者要運用自己的力量來指引方位實在是太方便了，就像影鬼能夠殘留一部分在任何一處，烏爾手上現在肯定也擁有一定的力量在帶領他們。

只要是與傳說中母艦相關，就不會有人眼睜睜放過這一切。

即使是一個父親也一樣。

「我做的並非貪圖利益。」弗爾泰沉聲地說：「我是爲了連根拔起，我不相信這些人能毀滅母艦。」

「那烏爾就可以嗎？」波塞特覺得自己果然無法相信這個人。

「是，烏爾可以。」弗爾泰回道：「至少比你們這些人強太多了。」

「……算了，我眞無話可說。」波塞特壓根不想再爭論什麼了。如果不是怕像這樣把各方人馬都引來，他早就拜託芙西前來，白色商船的高手可遠比烏爾多更多。

這麼一來，各方勢力在母艦現身海上那一刻，進行強力爭奪、甚至捲入所有星區，便是顯而易見的事情了。

「對了，阿克雷，我忘記告訴你一件事吻。」

看著幾個人各自用最小限度的力量逼退細線，身後湧出更多線狀物體的莉絲微笑著：

「因爲前幾次你實在是太頑強了，所以這次我果然，還是對你的身體動了點手腳。」

琥珀猛地看向女性。

莉絲指指額頭，「早就埋進去了吻小傻瓜，和那個小朋友的哥哥一樣，生物控制。」

「全部都離開我身邊！」

那瞬間，黑色的火焰炸開來，熊熊烈焰吞噬了所有一切。

第六話▼▼▼邪惡的復甦

「沒事吧？」

強烈的劇痛造成瞬間恍惚，青鳥覺得自己被人搖了兩下，模糊的話語在還未散去的熱氣中傳來，雖然很想立即回答對方沒事，但卻又一時使不上力氣，爬不起身，連眼皮都睜不開，全身好像被滾筒給用力捲過一樣。

又這麼過了好一會兒，才感覺痛楚慢慢退去，整個人開始能夠活動了，眼睛也才能睜開，緩緩看清眼前的事物。

正在搖他的是波塞特，他的身邊還纏繞著白色火焰，似乎是用了極端能力抵擋火焰侵蝕，頭髮再次染成艷麗的火焰色彩，讓人覺得很刺眼，也妖艷得異常。

青鳥用力呼了口氣，才吐掉塞滿一嘴巴的灰屑，然後看清楚了眼下狀況。

——原本有水槽的房間已經什麼都不剩了，除了幾具被燒得看不出樣子的人造人殘塊，整個空間焦黑一片，上頭正不斷落下灰燼，殘存的黑色火焰還在角落跳動，被白火和金色的火給壓制，沒能再繼續延燒。

莉絲不見了，強盜團也不見了，原本應該要在他們身邊的琥珀更是毫無蹤影。

波塞特後面是同樣打開火牆的弗爾泰和雷壁的沙維斯，不知是否有手下留情，這股烈焰沒有他們想像中的強烈，而且只有在那瞬間襲擊，並沒有後續動作，人就這樣消失。

大白兔散開裹在自己身上的裝甲，左右張望了下，「看來莉絲並沒有相當認眞想要對付我們，她的重心是在被引來的那些星區人士身上，若是讓她順利將星艦停泊在第七星區，恐怕將死傷慘重。」

即使大白兔不說，這也已經是顯而易見的後果了。

就在幾個人若有所思的同時，被他們收起的儀器突然全都自動啓動，先前沒有關閉的也同樣綻出淡綠色的光。

「……阿提爾嗎？」

如同青鳥的猜測，空氣中浮現了少年淡淡的影像。

「請隨我來吧，他們已經移動到控制室了，或許這可爲大家爭取一些時間。」少年指向了被燒成黑灰的一側，「莉絲帶走了阿克雷，移走她的軀體，現在預備要將星艦浮上海面，或許你們還有機會能夠找到離開這裡的生機。」

「我們不逃。」青鳥握緊手，「沒把琥珀帶回來，哪裡都不去。」

「說得沒錯呢，而且傳說中的邪神如果開始毀滅星區，我想逃到哪邊應該都是沒有用的。」波塞特不認爲現在逃出母艦，就可以躲避災難。

弗爾泰冷冷哼了聲，有些不以爲然。

他還是認爲事情很蹊蹺，將他們這樣一群人帶來，然後說被控就被控，現在與莉絲一起將母艦帶上星區，怎麼看怎麼奇怪。並不是他想與其他人唱反調，但他深知就是親近的人也會背叛一切，那些罪孽就是死也無法還清，所以他更不會輕易地相信任何人。

「我知道你還在懷疑琥珀弟弟，但是起碼也放點信任在我們身上吧。」波塞特先不管那些星區的人是不是烏爾引來的，他看著男人，一字一句清楚地說道：「再怎樣和你不對盤，拉著有血緣關係的人一起送命，這種事情至少我還幹不出來。」

「……走吧。」弗爾泰往波塞特的肩膀拍了下。「該做什麼就做什麼。」

「我們該如何去制止莉絲與……阿克雷？」沙維斯斟酌了下，他不認爲被控制後聽從命令的會是琥珀，區隔名字或許會比較好。

「這選項可不好呢，阿克雷只爲你們鋪了逃生的道路。」少年露出有些困擾的表情，

「嗯……」

「也就是琥珀有預料到會被挾走？」大白兔晃了晃耳朵，問。

「說起來倒也不是你們所認知的那位阿克雷有安排，是以前開通的暗道，只是一直沒有用上而已。每一次的人都撐不到莉絲注意力被引開，很快就被消除，所以這些暗道保留著未曾動過。」阿提爾勾起唇角，似笑非笑地說：「你們也不打算用上嗎？」

「該做什麼就做什麼。」波塞特點點頭。

「不用，走吧！」青鳥摸摸自己的後頸。

看來並沒有打算繼續勸阻這些人的行動，阿提爾在空氣中散化成淡淡的光，然後消失在所有人面前，不過幾個人的隨身儀器已經都改變成湖水綠的介面，相同的指標爲他們重新規劃了新的定位。

「青鳥。」

正打算往前邁步的青鳥聽見喊聲，有些疑惑地轉回頭，看著還站在原地的大白兔。

如同往常般，大白兔的紅眼睛筆直地對著他，明亮的色澤裡倒映了其他人的影子。

「在下透過『調魂』發現一件事情……」

□

其實見過幾個星區發生的事情之後，青鳥一直覺得事情不會再糟了。

但是每次都只會發生更糟糕的事，而且還一次比一次嚴重。

「想想開心的事情。」走在一邊的波塞特突然一把抱住他的肩膀，露出笑，「例如擺平這票之後，早餐要吃點什麼。說起來，第六星區的港口那裡，有一家超級好吃的海鮮燒烤，早上有限量版的三明治餐盒，搶都搶不到，你們肯定沒有吃過，老闆以前還是芙西的船員呢，都會開後門給我們留分量，回去之後帶你們去吃吃。」

「好啊，琥珀肯定也會喜歡。」那個超好吃的燒烤，青鳥以前就聽過了，但是總沒有機會帶琥珀一起去，畢竟那是大人們去的地方，兩個小孩去那邊花大錢吃蝦子似乎相當奇怪。餐盒嘛，就像波塞特說的一樣，人潮之多，想都別想。

「……」

「放心，也會帶你去。」波塞特斜了一眼好像想說什麼的沙維斯。看在他哥的面子上，這傢伙還是得攜帶，不然就變成小團體排擠了。

「不，我只是想說，這艘星艦被包圍了。」沙維斯淡淡地開口。從剛才開始他就不斷延展了他的能力，已經感覺到數以千計的力量沉入深海，逼近母艦，就像炸開的螞蟻巢正在進軍一顆糖塊，速度非常快，應該已經快要進行初步接觸了。「看來是莉絲使用了強盜團的人對外放出訊息，這裡的座標估計完全暴露在七大星區手中。」

既然無法突破阿克雷的限制，也無法取得琥珀的配合，那就讓外力把星艦拉出水面。莉絲應該是這麼計畫的吧。

只是沙維斯還是有些疑惑，這種手段其實在以前就能實行，爲什麼要等到現在？

「嗯……」

「沒事吧？你臉色看起來很差。」波塞特注意到沙維斯的表情變得很不對勁。

「沒事，有些精神系能力者在反探查，你們也最好小心一些。」沙維斯搖搖頭，掐斷了細微的外來力量。雖然不是兔俠那麼強力的精神力量，但也足以讓人感覺不快，看來星區的各勢力這次是將全部賭注擺在母艦上了。

想想也是，一旦母艦入手就意味著幾乎能操控所有星區。

不論哪個勢力都不會想放過這次機會吧。

這次一路上幾乎沒有再被人造人攔阻。即使在路上看見幾個，也都只是略帶嘲諷的眼神瞥了他們片刻，像是得到什麼命令一樣往相同方向離去。

幾個人不知道經過哪一區，這裡像是景觀台一樣有著好幾層的看台與整面透明的巨大牆面，望出去是深黑色的海洋，以及有遠有近的各種海洋探照燈，來襲的深海船隻已不再遮掩自己的行蹤，皆以最快速度往母艦周圍靠來。

就在青鳥等人正要繼續往前走時，外頭的深海就像寧靜的電影，眾多奇怪生物往母艦四周靠攏，像是要抵禦入侵者，包括他們先前看過像是章魚那樣的東西，不過就在眨眼間

被各潛水船給擊斃，短短數秒之間，大量屍塊在海中載浮載沉，連無辜的其他生物也無法倖免，第一波屠殺儼然拉開了爭奪戰的序幕。

或許是莉絲的授意，除了那些海中防衛，母艦竟然完全沒有任何動作，任由星區船隻吸附在巨大的船體上，讓它們釋放浮力，硬生生將母艦一點一滴往海面上拉——他們沒有在海下互相攻擊爭搶，而是都打算到海面再動手，預防深海中的變故或襲擊。

「時間不多了，快走。」沙維斯知道只要一離開海面，接著莉絲就會眞正成爲傳說中的「惡神」，降下災難於大地上。

雖然這麼想，但母艦上升的速度遠比他們預估的還要快很多，尤其在越來越多船隻吸附之後，上升速度更是提升了數倍不止，黑色海域逐漸退去了那層不見光的幽暗，魚群逐漸出現在附近，魚的種類也越來越多了。

即使竭盡全力奔跑，在距離阿提爾提示的方位還有一大段距離時，母艦已漸漸破出海面，光透進了海水，從透明的牆壁照進冰冷的船艦空間，點亮數百年來寂靜的封閉領域。

就在那瞬間，船艦內好像有什麼甦醒了，大量奇異的聲響從所有人腳底傳來，聲音非常遙遠，好像自母艦的中心點散發出來，但是並不是對著他們的方向而來，是整個向外擴散出去……

「讓烏爾避開！」警覺到那是什麼力量，沙維斯立刻朝弗爾泰喊。

海洋就是輕輕地一震，浪潮搖晃著，原本緊附船體的上百艘深海船隻不約而同鬆開了箝制，失去重心般地旋轉了幾圈，如同大量魚群翻起白肚浮在水面上，數不盡的魚屍像一大張地毯般鋪開來，其中參雜著大量人類屍體，都是潛入水中來不及躲開震盪的，人血混著魚血染紅了海水。

海面上響起警報。

未被破壞的幾千百艘海上船隻打開大量防禦壁，震天鳴笛聲響傳進了母艦。

紅色的海水中開始有東西穿過了人類和魚類的屍體，踩上了那些載浮載沉的震碎殘肢，帶著一身血紅與湖水綠的眼睛，重新出現在陽光之下，像是披上了紅色的戰袍般，在太陽下閃閃發亮。

人造人們露出了笑容。

□

阿提爾指引的終點，是在一個頂端廣場，四面八方全是能夠直接看見外頭的透明牆面，正中央有著十人環抱大小的柱狀封閉空間，裡頭飄浮著一名不是莉絲的嬌小黑髮女性，面無表情，身體周圍全都是急速變化的紅色數據資料。

莉絲揹著手，心情愉快地欣賞大量飄浮在空氣中的視窗畫面，全都是人造人視角，正在不斷與外頭人類交戰，血色在人造人周身飛舞著，被扯斷的各種手腳被扔進海中；顧不得引起毒氣爆發，人們已經啓動毀滅性的能力與武器，紫黑色的毒霧在海上瀰漫。

「這畫面很棒對吧。」莉絲似乎不意外他們的到來，噙著笑回過頭，「再過一會兒，第一扇門就會被打開，人類會從大門衝進來，接著被捲成爛泥，一團一團像肉餅一樣。」

「琥珀呢？」沒有看到強盜團的人，也沒有看見琥珀，青鳥看了眼在封閉空間中，應該是這艘船的系統的女性，很快重新看向莉絲。

「阿克雷去了第一家族的中央控制室，這是他擅長的嘛，我讓塔利尼家族的人去協助他了。」莉絲在空中畫出新的視窗畫面，上頭是琥珀與朱火強盜們站在陌生的白色空間裡，身邊圍繞著許多紅色的系統數據。

琥珀背對著他們，看不見表情。

「你們知道最棒的一點是什麼嗎。」莉絲重新喚回了青鳥的注意力，露出溫柔又殘酷的奇異笑容，「阿克雷雖然封閉了這艘船，有許多功能也無法被解禁，但是很快地，就會有人自動來解放我的黑島了。」

「什麼意思？」青鳥皺起眉。

「古老的家族最終還是會手捧著所有鑰匙回來，一個個解開阿克雷設下的鎖，然後我們就會重新啓動整艘船隻，恢復所有動力，收回全部功能，打開各個不同區域……這艘船終於能夠眞正甦醒，和我一起。」莉絲飄到了處理資料的女性面前，黑髮女性好像看不見她，兀自沉浸在自己的工作中。

「難道……」大白兔不知爲何，心中突然一閃而逝一個想法，「各大家族的神器？」

「神器？也太美化了那些東西，不就是阿克雷分發出去的鑰匙，能分次解控封鎖的系統罷了。」莉絲聳聳肩。「有了那些鑰匙和阿克雷，這艘船就能完全解放所有功能，還有將他們打回原始生活的雙兵器都不用再被限制，很棒喔。」

青鳥愣了一下，雖然很不合時宜，但是他腦中浮現的就是他媽把這種重要東西複製了成千上萬個還讓他踩爆的不堪記憶。

「他們會全部帶過來的，不用我去找，也不需要什麼自稱是我們協力者的多餘物去找，只要母艦一現身，貪婪的家族們會一個一個將解控系統帶過來，這艘船重新活過來只是遲早的事情。」莉絲笑著，俯瞰著追隨她而來的所有人，「如果他們不來，還能活得更久，但是我告訴你們，人的貪婪會讓他們自取滅亡，每個家族都會來，一定會到，也一定會親手將他們的『鑰匙』放進母艦，就算是蘭恩家也會，無一例外。」

「你們就在這裡見證，這些人類的貪婪最後會造就什麼。」

「這可不是能夠說袖手旁觀什麼都不做的事。」波塞特邊說著，猛一轉身，捏在手裡的壓縮火焰擲出，火球瞬間砸在系統女性的封閉外壁上，狠狠砸出裂縫並開始向內燃燒。

「……哼，阿提爾在作怪嗎。」看這些入侵者動用了能力卻沒有被防護系統給消滅，莉絲不用多想也知道是什麼在保護他們。「總是一天到晚協助阿克雷違逆我們，就算成為一堆數據也還垂死掙扎嗎。」

「沒辦法啊。」少年在空氣中浮現出身影，帶著微笑，「畢竟我是蘭恩家的一員，協助首領原本就是我們的工作，怎麼可能爲了別的家族而違逆我們自己人，不是嗎。」

「這也是，不過在我的地盤上，你還是消失吧。」說著，莉絲輕輕揮了下手，四周泛起了紅色光絲，不過幾乎眨眼消失，她微微挑起眉，看著並沒有受任何影響的少年。

「雖然只是一堆數據，不過好歹我們也是蘭恩家族，在這邊守著數百年了，總是能研究出不少破解的東西喔。」少年張開手掌，紅色的光在他手上捲繞成球狀，最後給染成湖水綠的色彩，就這麼消失在掌心上。「阿克雷最後給我的命令就是確保這幾位的生命安全，所以我也會盡力遵守到底。」

「哼……留他們一條命也無所謂，反正改變不了什麼。」說著，莉絲像是對所有人喪失興趣般轉開視線，重新看向外面的血海。那些第一波到來的人們基本上已被撕碎成大大小小的肉塊，而母艦四周像是有什麼引力般，居然將所有生物肉塊都給吸住，不管是人或魚的肉體都沒有下沉，反而開始密集了起來，隨著數量增多，白骨與肉片逐漸緊實堆疊成像是土地一般，凹凸不平之處被人造人踩來踩去，真的成了像是地板一般。

只是這片「地板」看起來非常令人怵目驚心，全都是用血肉製造而成，連弗爾泰這種長年在外活動見多識廣的人都不免皺起了眉頭，露出不快的表情，更別說那些已經失去戰意、想要開著殘存船隻逃離的侵犯者們。

「你們攻擊領航員是沒有用的，『她』不存在這個地方，那只是個影像，即使打破也傷不了我們。」沒回過頭，莉絲嘲諷的聲音飄往試圖打破封閉的波塞特身邊，「『凱達斯特』是凌駕於所有領航員的終極系統，她存在於任何一處，這艘星艦就是她的本體，你們可以試著把整艘星艦都破壞掉吧——在你們死之前。」

「省點力氣。」弗爾泰按著波塞特的肩膀，等待著這艘船下一步的動作。

現在，不論他們做什麼都是徒勞的，莉絲就在面前，人造人軍團無所不在，母艦已經開始啓動，對於外界的事情，他們無能爲力。最重要的是，不管在力量或系統上，目前他們都對抗不了莉絲，做任何事情都是白費力氣。

沙維斯與大白兔都安靜了下來，顯然也都有這種想法，青鳥只能和波塞特一樣忍住，等待著接下來的事情。

母艦並沒有馬上移動，而是在原地靜靜漂著，偶爾跟著海流被動地漂移。

就這麼地，在難忍的氣氛當中，所有人迎接了夜晚的到來，然後一夜無眠，每個人都眼睜睜地繼續迎來了隔日的曙光。

莉絲坐在窗邊，哼著歌，看著黑色天空轉爲灰色的雲層，然後染上了深藍的色彩，金色的光從中間破開，點亮了晦暗的天，帶來新的晨曦。

在青鳥不知揉了第幾次疲澀眼睛的同時，「領航員」終於發出聲音——

「空氣配方藥劑調和完畢。」

莉絲勾起很淡很淡的笑容，「嗯，覆蓋整個星球吧。」

「是的，十秒鐘後藥劑將進入大氣層，約半日便能完全覆蓋整個星球。」

「妳們想幹什麼？」大白兔聽著這些對話，反射性開口。

「毒死全人類呢……開玩笑的，你們不正是爲了空氣而困擾嗎？」慢慢地回過頭，莉絲站起身，對著大白兔開口：「我替你們消除這個煩惱。不就是一個能夠讓全人類生存下去、能肆意妄爲的空氣配方嗎？有什麼難的，我們曾經賜予人類能夠存活下去的最佳空氣，現在當然，能夠重新再給你們一次。」

「然後，你們就好好地看看，接下來得到『惡神禮物』的人們，將會如何發展。」

□

荒地之風

「堇青！」

荒地之風的中心城市與平日的寂靜有所不同。

重新修復了身體，丹泉帶著替代自己身體的一部分急匆匆地跑在長廊上。

大地正在騷動著，隱藏在荒地之風的存在蠢蠢欲動，原先應該埋藏的強悍力量開始不安分地鼓譟，隨著風來的是一道道帶著血腥的危險氣味。

他跑了一陣子，終於在沙里恩家族鑄造的高台上找到荒地之風首領的身影，旁邊有著幾個人，全都是荒地之風數一數二的頂尖高手，也是負責管理這片大地的主要數人。

淡淡看了眼自己的兄弟，堇青並沒有對方的驚慌，而是極度淡定。

自從琥珀離開後，他大致上已能夠預料到會發生這樣的事情，所以一點也不訝異——原本應該可以抑制科技與能力的空氣改變了，存於裡面的高濃度反應毒素正急速被稀釋，原先令人感到沉重的空氣也一點一滴地改變著，解開無形的枷鎖。

荒地之風各處領地開始出現能力者的暴動，即使不是能力者，發現這點的一般人類紛紛打開被禁止或被封鎖的高科技，奔流的能量重新令人們創造的怪物低吼著甦醒過來。

潛伏在荒地之風的不安因子雖然不多，但也不少，各地開始回傳土地管理者對於各種能力衝突的鎮壓，許多不明的外來存在更是試圖衝擊荒地之風，大部分都是想對行者進行掠奪與報復，還有各種稀奇古怪的理由，短短不到半日，堇青已收到了數百件能力者衝突事件處理報告。

既然荒地之風如此，七大星區現在的處境也可想而知。

七大星區明裡派出許多海上兵力前往第七星區進行監視，暗地裡大大小小的勢力像是聞到蜜糖的螞蟻，全部擁向母艦傳遞出來的座標處。

天亮之前，堇青收到了「黑島」重新現世的消息，也收到了第一批前往的人無一生還的警訊。

惡神現世，的確是得伴隨著大量的死亡來宣示祂的立場。

堇青回過頭，看著已經鎮定下來的手足。「空氣被修復，現在能力者和高科技可以完全使用，你帶著『記錄者』們進到地底，像先前安排的那樣。另外，波塞特的託付也已經轉移到那邊，去吧。」

丹泉點點頭，「保重。」

堇青笑了下，「沒事，想要撼動荒地之風的存在，再多派幾個惡神過來吧。」

也不意外對方的答覆，丹泉揮了揮手，就與一邊已經在等待他的小隊前後離開。

相較於能力者們，他們這些幫不上忙的一般人類或是能力較低的力量者最好聽從安排離開將至的戰場，再多做什麼都只是扯後腿，讓強大的能力者們無後顧之憂對抗威脅，才是他們眞正應該做的事情。

確認該藏起來的人們確實藏起來之後，堇青揹著手，邁開步伐，「既然『神祇』已贈予我們不用遮掩力量的禮物，那麼就讓沉睡在荒地之風土地下的眞正成員們，稍微起來舒展筋骨吧。我在這裡解除諸位的沉睡，就從『停止』中甦醒，準備久違地小動身手吧。」

自廣大的荒地中回收力量的同時，曾經被外來雷系力量者探查過、隱藏在荒地深處的強悍力量慢慢增幅，逐漸越過了當時被探查的數倍，接著是數十倍、百倍，源源不斷地破開了土地，從四面八方撥開泥土，打了哈欠，重新睜開眼睛。

如果現在有幾個星區的普通百姓站在這裡，恐怕要目瞪口呆，看著眼前紛紛到來的各種力量者吐不出一字一句。

——那些曾經在現今人們書本上記錄的，如同諸神降臨一般，各式各樣奇奇怪怪外型的能力者，慢慢聚集到了堇青面前。

荒地之風，原本就是爲了擺脫星區、脫離控制與束縛的能力者們所形成。

數百年間被改造、製作、各種交雜出生的遺留物們，曾經在沙里恩家族的協助與勸說下，將土地像是棉被般覆蓋住自己，隱藏了蹤跡，消失在星區人們眼前，不再被追殺，也不再被聯盟軍捕捉。

蘭恩家與龍彼此守護，沙里恩家則與異人相互共存。

「終於還是迎來了你們曾經說過的那個時候了嗎？沙里恩家年輕的首領。」拖著巨大的蛇尾，自東方洞窟蜿蜒而來的蛇髮女性至少有五、六名成年男子的高大，赤裸的上半人身覆蓋了灰紫色的細鱗片，黑色的蛇髮有著數不盡的大小蛇垂在她的肩膀與胸前。她以黃色的眼睛俯瞰著站在高台上的行者首領，蛇髮眼睛皆閉，像是安眠的孩子一樣，一點也沒有威脅感。

「我想是如此了，莎萊雅，或許世界將迎來毀滅，沙里恩家與蘭恩家共進退，蘭恩家的決定即沙里恩的末路，我們端看阿克雷最終要我們爲他做什麼，一同歸塵星海，或是另有想法；這些都到了時候，所以喚醒你們，尊重各位的意願。唯有不可加害一般人類，否則就算世界毀滅，荒地之風也會追殺各位到天涯海角。」堇青相當有禮貌地在女性伸出的巨大手背上禮貌性地親吻，然後微笑。

「荒地之風曾經拯救我們，沒有人會背叛承諾。」

帶著巨大的黑色翅膀，外型像是古代畫冊上的大天狗一樣的人降落在高台附近的岩石上，尖銳的鳥爪穩穩攀附，翅膀在身後收攏，奇異的面孔看著嬌小的荒地之風首領，開口：「惡神屠滅世界之前，我們會站在荒地之風這邊。」

陸陸續續，各式各樣的能力者出現在近或遠的位置，各種不同的強大力量如同巨石般穩重包覆在他們周身。如果用現在的聯盟軍判斷，這些都已經是頂端能力者了吧。他們的出現也已經震撼了荒地之風本島，原本在周圍作祟的宵小、反勢力，幾乎瞬間消失得一乾二淨，不敢再出現。

堇青身後傳來淡淡的香氣，白色的羽毛拂過他的肩膀，帶來了溫和又纖細美麗的聲音，「別擔心，當我們甦醒那一刻開始，沙里恩家族想做的一切都不會再被攔阻。」

堇青還是微笑。

「那出發之前我可以喝一口血嗎？就一口。」倒吊在陰暗處的少女眨動泛著紅光的眼睛，黑色的蝙蝠翅膀包裹著身體，她的腰後延伸出兩條像是尾巴的物體，晃動到比較明亮之處，赫然是兩尾齜牙咧嘴的眼鏡蛇，不斷嘶嘶吐著聲音。「大豬小豬也餓了，他們喜歡你，我也喜歡你，能不能給咬一口。」

「咬一口之前，大家佩帶好隨身儀器吧。」堇青終於微微抬起頭，看著在荒地之風空中急速劃過的飛行機組，沒了毒氣的限制，高能源的科技飛行器從各處起飛，有幾架已盤旋在荒地之風的上空，像是探測，也像是挑釁。

人類，打算要重新強大起來，如同往常般取得至高力量去掠奪他們想要的任何一物。

「還眞是一秒都不能等啊。」堇青打開了身邊幾個從各地連線回來的視窗，上面清晰顯現了各地的衝突。空氣變化之後，壓抑許久的許多人們一發現空氣不再具有威脅，便與能力者起了衝突，還未穩定的能量快速在大地上奔馳，串起了一條條街道的明亮流光，啓動了各式各樣被存放近百年的武器。

雖然聯盟軍在第一時間已有所動作，但效果不彰，被狂喜與狂怒沖昏理智的人們，不論能力者或普通人皆開始反抗聯盟軍的鎮壓，逆襲聯盟軍據點；更別說趁火打劫、居心不良的各種宵小，原先有優勢能壓制這些匪徒的能力者被反擊，雙方傷亡數量節節攀升。

如果沒有估計錯誤，不用幾個小時，大型破壞儀器與機甲都要被開出來了吧。

堇青勾起冷笑。

放著不管，七大星區終究會自取滅亡，甚至不用莉絲上岸。

「唉，眞是……」

抬起頭，他看見荒地之風空中有黑色的影子瞬閃而過，那些盤旋的飛行儀器被颶風給掀了出去。

六張巨大飛翼在雲端上打開。

屬於蒼龍谷的龍嘯聲穿透了天際。

第七話▼▼▼攜手

青鳥已經不想去計算自己被關在這個空間多久。

或許快要長達二十四個小時了吧？

天空再度緩慢地被染成金色，像是火焰般的橘紅燃燒著雲朵。

聯盟軍的船陸續來了好幾波，不知道哪邊勢力的船也來了好幾波，下場與先前沒有任何不同，都被踩成肉餅堆積在環繞母艦的屍地裡，一艘艘船被人造人拆開，重新組裝成戰艦，脫出母艦的人造人數量越來越多，很大一部分搭上了那些不被母艦系統控制的戰艦，在海上劃出一道波浪消失，也不知道他們去了哪裡。

不過青鳥不願意去深思這些人造人的終點，不論去到什麼地方，對人類來說都不是好事情。

「你們餓了嗎？」

莉絲露出微笑，揹著雙手在幾個人身邊走來走去，「不用客氣呦，既然暫時不殺你們，讓你們吃點飯這點事情，還是能做得到。」

「如果妳打算請客，那我是不會客氣的，當然前提是沒有毒的食物。」波塞特看著沒有實體的女性，也不太客氣地回覆：「妳把我們限制在這邊也沒意思吧，既然沒打算殺也沒打算讓我們破壞船體，還不如把我們放出去。」

來到這裡之後，他們很快就發現這個區域被封鎖，通道關閉，四周全都成為堅固的牆壁，沒有任何洞口能夠離開。

「也是可以，但是我對所有的人造人都下了殲滅指令，現在出去，你們就會變成『黑島』的一部分喔……或許『某人』例外，然而也改變不了什麼。」莉絲走了兩步，看著血液已經開始發黑的屍體土地，「我是沒所謂，阿提爾會不樂意吧。」

「這是當然，就算要走也得走阿克雷規劃的安全通道才對啊。」少年坐在一邊，晃著腳。「妳在等所有家族把『鑰匙』送過來開動母艦，到他們安全抵達也還有些時間，讓阿克雷的朋友四處走走也沒問題吧。」

「這肯定是有問題，我猜你要帶他們去破壞母艦動力吧，或者找點壞事幹，所以還是待在這地方比較好，免得讓我浪費時間把這些傢伙碾成肉泥。」莉絲笑笑地說著：「而且，第一把『鑰匙』早就已經放進孔裡了，基礎動力早已被啓動，我用在複製工廠上，很快我的孩子們就能夠集結出新的軍團，往陸地推進喔。這得感謝那些塔利尼的小鬼們，送了份大禮物過來，再過一會兒會更有趣呢。」

「那個塔利尼小姑娘被送到哪裡去了？」阿提爾歪著頭，「我偵測到她消失在母艦的深處，爲什麼妳要特地帶她走？」

「當然是我需要一個能代替我活動的人嘛。」莉絲比劃了下，露出開心的笑顏，「我被肢解了實在很不方便，用人造人又不喜歡，且人造人無法負擔我們的力量，沒辦法隨心所欲很討厭；我看那小姑娘挺靈活的，所以將我的備份記憶灌入了她的腦袋裡，這麼一來我就有個能夠代替我去外界走動的人啦，而且好幾個小時前就已經做好了，你問這問題有點晚，小姑娘都已經送出去了。」

「妳把美莉雅怎麼了！」青鳥再怎麼蠢，當然也聽得懂他們口中的塔利尼小姑娘指的就是一直不見蹤影的美莉雅。

「開路呀。」莉絲在空中打開新的視窗，讓所有人能看見畫面——那似乎是在某一艘被開出去的戰艦上，船艙內外站滿了湖水綠眼睛的人造人，而端坐在船艙內的，赫然就是美莉雅。少女面無表情，穿著一襲優雅裙裝，兩名女性人造人正在幫她編梳著頭髮，她則漫不經心地把玩著手上的短刃。「他們幫我找到一塊土地，當然就得去幫我開路，清除障礙，不是嗎。」

戰艦行駛的速度異常之快，已經略微能夠看見遙遠某處的海港。

不過在接近海港之前，先看見的是圍繞在外面的大量船隻，皆是六大星區的聯盟軍軍船。

「第七星區的港口！」大白兔幾乎一眼就認出熟悉的地方，被操控的第七星區因爲先前沒有回應六大星區，現在正被六大星區以強盜侵犯的理由包圍，等待時機瓜分土地與資源。

戰艦逼近第七星區港口前，首當其衝就是這些軍船。

不用想像也知道，那些軍船就像母艦外頭被毀掉的船一樣，人造人們張開了自己的能力，直接碰撞上聯盟軍的力量。並沒有估計到戰艦上竟然會有這麼強的能力者，部分聯盟軍的船隻被打了一個措手不及，好幾艘船被悍力掀得飛起，接著倒栽蔥地摔進海裡，炸出火焰。

就在青鳥以爲聯盟軍的軍船要被滅掉時，聯盟軍似乎很快達成了什麼協議，船上的能力者與軍隊以極快速度聯合起來，硬生生擋下人造人們第二波攻勢。能力者各自發揮最大力量，組成護盾保護一般軍人。

人造人似乎依然對這些抵擋相當不以爲然，嘻嘻笑著要開始殺一波時，自那些船隻周邊無聲無息探出的綠色植物旋繞了出來，優雅而快速地在海上鋪開了道路。

「呵，原來還存在啊……當地的種族。」莉絲冷冷一笑，注視著那些輔助聯盟軍的植物。

在其他人眼裡看來，應該是回到第七星區的藤或是森林之王的人員前來幫助了吧，很可能他們是經由自己的奇妙管道得知黑島發生的事情，幾乎毫不猶豫地就站在了聯盟軍那邊，不問來者便出手幫忙。

沒讓他們看完接下去的情況，莉絲一擺手關掉影像。

「妳不敢看完嗎？」阿提爾勾起微笑，悠悠哉哉地瞇起眼睛，「這不是送回來很多畫面嗎，我認爲應該也給其他人看看，畢竟在這裡枯等實在是太無聊了。」說著，他再次打開影像，而且還開了許多畫面，不只第七星區，其他人也紛紛看見自己熟悉的港口畫面。

青鳥看見第六星區的港口邊同樣迎來了母艦的人造人船隻，不過在外海便被綠色植物攔阻……不僅僅綠色植物，空中還有龍在盤旋，停泊的船隻早已疏散避難，取代正在鎮壓星區內混亂的聯盟軍，前來支援的能力者非常多，就連一些青鳥以爲早退休的前幾任老處刑者的身影也都出現了。

就算因爲年紀大而行動上有所限制，他們依然挺身而出，並沒有轉身逃離。

除了第六星區，其餘幾個星區亦同，雖然解除空氣限制造成各區內大亂，但原先便已在運作的處刑者團體不約而同在第一時間站出來控制了很大一部分亂象，讓聯盟軍得以爭取更多時間整頓大局與發派每一個單位細節。

這個時候大多數基層聯盟軍也都會假裝不見處刑者的動作，很有默契地忽視某些捕捉處刑者的命令，形成一種不用言說的雙方短暫合作。

雖然基層還不太清楚進犯的人造人問題，不過不明的危險力量靠近，不論是行者、處刑者或眞正守護星區的聯盟軍，是不會讓這些奇異的存在上岸，儘可能在最短時間內集結了人手，將人造人船艦擋在外圍。

而第四星區的宗教軍隊也老早抵達，布置出不容侵犯的防線。

「看來妳還得多花些時間呢。」阿提爾聳聳肩，「不管如何，人也不是全然無藥可救。」

「那我就看他們能夠自救到什麼時候。」

莉絲露出冷笑，打散所有畫面。

□

第六星區

「小茆，新一批攻勢要來了。」

高速動力車上，小茆正火速趕往不同於黑森林所在的另一個星區海港城，一邊看著從各地協助者傳來的訊息，一邊與黛安進行通話。

海面上人造人的數量越來越多，並不僅止第六星區，黑森林的情報網帶來各地資料，每個星區都在進行抵抗——除了第七星區。第七星區已有大半沿海村鎮遭到襲擊，星區因爲之前強盜團的侵略，援軍抵達的速度與數量遠遠低於各大星區，自各地出發的行者、處刑者無法在第一時間趕到現場，微小的鄉村正在發出第一波犧牲者的悲慘哀鳴。

小茆當然也無法趕至第七星區，所以她們更不允許第六星區也陷入這種悲慘中。

「那位使者」帶來了消息之後，她便暫時放下對聯盟軍的復仇，以最快速度與黑森林達成共識，分頭行動。

不管如何，這是露娜與阿德選擇要保護的星區，她不能連這片土地都失去了，否則該如何對露娜交代？

多虧了空氣淨化，她們能找出前世代的高科技動力車，雖然危險了一些，但這讓月神組織可以縮短三倍以上的時間，在中午之前趕至人造人選擇的第二個上岸點，也是第二個要產生大規模衝擊的戰場。

「目前港口的人造人被黑森林壓制住，入夜前都還不會有危險。」黛安的影像在前方說著：「蒼龍谷的人正在海上巡守，似乎蘭恩家有什麼指令，並未主動前往外海驅逐黑島人造人……他們不太願意說明，所以小茆妳要自己小心些。」

小茆看著海圖的人造人分布點，思考了半晌。「平民呢？」

「嗯？」黛安停頓了數秒，「大部分沿海平民都已經疏散……」

「不，我是指一般百姓害怕嗎？」小茆看著各地破壞損害的快速統計，以及正在向上跳動的傷亡計數。

「不知道從哪邊露出的消息，各大星區的平民現在都知道了『黑島』出世，惡神正要復甦的消息，海面上竄出了數萬惡鬼要侵蝕大地。」針對這點，黛安也覺得奇異。似乎有人刻意散布，即使聯盟軍有意封鎖消息，但在「黑島」被拉上海面的那瞬間，七大星區的一般人就立即得到傳言，擴散速度極不正常，迫使眾多人民不顧封令，打破了封鎖的高科技，重新啓動已沉睡百年的能源。

除了趁火打劫的惡行之外，各地還回傳了許多能源不穩定進而爆炸的損害。

實話說，人造人兵團還未上岸，在各星區裡大部分的傷亡案件反倒是因能源與機組爆炸，醫院擠滿了受傷人潮，死亡人數也因此攀升。

黛安不禁嘆息敵人都還未到達，星區內卻自己先開始傷損。

「是的，一般百姓很害怕。」黛安即使不用蒐集太多情報，也知道人們現在正在恐懼於「黑島」的甦醒。

不用眼睛看，不用耳朵聽，就算還未出現在他們面前，光是「惡神回歸」，就足以讓他們害怕得克制不住自己，崩潰的理性吞食道德，逐漸淪於瘋狂失控。

「嗯，那要快點了。」小茆淡淡地說著。

「快點什麼呀？」坐在後座的庫兒可把玩著漂亮的裙子，抬起頭問道。

看著半開的車窗，小茆將白皙的手臂伸了出去，掌心上的微弱淡光在急速造成的狂風中向後不斷飛揚。「我們是處刑者，要爲了我們信仰的正義而行動起來。『月神』總不能讓孩子們在恐懼中入睡，在哭喊中清醒，像露娜那樣的年少回憶，他們不需要，露娜也會這麼說的。」

看著那些很溫柔很漂亮的光點向後飛舞，不知道爲什麼，庫兒可好像覺得有些心安了起來。

「這是月神的力量，雖然白天不明顯，但是能讓接觸的人感到平靜。」小茆知道黑森林也在做一樣的事情。泰坦讓綠色植物擴散到各地釋放凝神靜心的藥氣，雖然效果有限，不過還是能讓很大一部分人從失控中清醒過來。

「小茆。」

庫兒可握著融化在手心中的光點，往前座探了半個身體過去，看著女孩美麗的面孔，「雖然我們認識不久，但是我很喜歡妳，也很喜歡黛安……還有其他人，都很喜歡。你們和那些壞人不一樣，所以……」

「我也很喜歡你們呀。」小茆微笑著摸摸庫兒可的頭，「所以我希望大家都能好好的，就像妳也希望大家都能好好的。這也就是我放下原本襲擊聯盟軍的計畫，先以星區爲重的理由。」

不將外來的入侵者打出去，怎麼能好好痛毆自己星區內的人。

「嗯……」庫兒可想想還是不太放心，「要好好的喔。」

「當然。」

小茆勾起微笑，看著已經出現在他們面前不遠處的道路，那裡有著長長的隊伍，人們正因他們不懂的威脅輕裝退離家園，聯盟軍小隊協助村民們小心離開，在引起海上逼近的人造人注意前，他們必須全數撤離。

動力車打開車門之後，小茆往後一脫出急駛的車輛，月神能力異變外表的同時飄浮上了天空。雖然在白天那些柔弱的月光並不明顯，但也足以讓正在倉皇逃出小村、正茫然向上看的人們注意到。

「月神……」

「是月神！」

原先不安的孩子們抓緊大人的手，欣喜地指著天空中、以往只在影像上看過的美麗能力者，「媽媽，是月神。」

如同在白天浮現的月亮般，雖然不明亮，卻讓害怕的人們覺得看見了璀璨的光出現在天空裡。

「處刑者來擊退惡神的使者了。」

人們都已經知道惡神的傳聞，所以他們看著空中，期待著星區的處刑者拯救這一切。

就連聯盟軍軍人都不免多看了好幾眼遠在天上的月神，即使他們自身也是能力者。

這種時候，他們選擇不通報，默默引導民眾繼續撤離，等到普通人都淨出之後，他們也會用最快的速度返回戰場。

「嘿嘿，要好好躲在安全的地方呦，乖乖喝完下午茶，我們會讓大家安全回家的。」

聽見了女孩的聲音，孩子們再次搜尋附近，看見了路旁的大樹上有著穿著華麗服裝的好看小姊姊。

崇拜處刑者又眼尖的小孩立刻指著人喊道：「是『愛麗絲』呦！」他很興奮，是新的處刑者，現在還很少相關的影像資料呢，這樣以後可以和隔壁村子的小夥伴們炫耀了。

「愛麗絲」朝孩子們揮揮手，看著村人們行往避難所，直到所有人都確定離開後，她抬起手，地面上掀起了大塊大塊的土壁隔絕道路，沿著方圓幾十里急速建蓋出巨大的圍牆，把那些村人和避難所給隔離在危險之外。

當然，她也不知道這樣有沒有效果，說不定人造人還是會一拳打穿。

到時候，再重蓋吧。

打壞幾次她就蓋幾次，直到再也蓋不了爲止。

「一定會讓大家回家喝下午茶的。」

庫兒可握緊拳頭，突然笑了下。

「唉呀，被他們傳染了，討厭，才不想拯救世界呢。」

□

小茆落在一間石板屋上頭時，明顯感覺到村內許多潛伏的能力者感覺。

這是藏身在這裡的聯盟軍，她不太在意。

比起處刑者，現在在海面上已經顯而易見的黑島船隻才更讓他們感到危險。不過才三艘不明船隻，卻已經衝破這一帶的聯盟軍海上警戒，內海的聯盟軍船隻早就被擊沉，毀滅的黑煙像狼煙一樣裊裊沖天，也不曉得有幾個海軍存活下來。

看樣子，估計是全滅吧。

「小茆。」

聽見聲音時，她還眞的是紮紮實實愣了好幾秒。機械式地轉過頭，她在灰色地磚的小村道路上看見那名恨不得將他手腳全扯斷的背叛者。

「妳果然來守這邊，泰坦負責主要港口了吧。」

亞爾傑讓保護自己的白色護衛們退開，咳了兩聲，看著屋頂上的月神，「聯盟軍主要兵力也放置在港口區，我聯繫了一些有武力的家族，大部分都願意協助聯盟軍守護海線村莊，我們只要專心對抗惡神的使者就可以了。」

「……所以你是爲了讓我專心對抗黑島，特意在這時候來讓我殺了你嗎？」露出冰冷的微笑，月神抬起手，掌心上凝出了一層冰霜。

制止護衛的保護，亞爾傑苦笑了下，「時間太趕，我沒辦法對妳和泰坦解釋……」

「那就不必解釋了，廢話再多，你也不可能還給我阿德和露娜，你只要去死就夠了。」握住手中的冰箭，月神直接射向地面上的普通人類，但果然在射穿他的頭顱之前，冰箭就被打碎，細碎的冰霜落在地上，最後融解消失。

亞爾傑嘆了口氣，有些無奈也有些難過，「如果妳想殺我，我願意讓妳殺死，不過是在處理完黑島的事情之後。」

「喔？」月神挑起眉。

「我是說眞的。」亞爾傑看著高高在上的月光，很想再向往常一樣觸碰，不過現在已經摸不到了。他握了握手掌，收攏想要伸出去的手指，「如果妳不想聽我解釋也無所謂，我是眞心沒有想過要害你們，我喜歡阿德薩，也喜歡妳，所有的事情都是……」

「閉嘴吧，我不想再聽到你的聲音。」甩開了頭，月神踏著空氣走到村子上方。

黑島的綠眼使者們已經從船隻上跳下來，靠近村莊的海面整片結冰，似乎上面有極強的冰系能力者在爲入侵者們開路，氣溫一口氣降下許多，凝結的水氣也落了下來，才眨眼之間，竟然連天空都飄出細雪。

那些使者的臉有些可眞像她所認得的人。

「月神」看著綠眼的少年少女們，既漂亮又無瑕的面孔，身上的舊式衣裝上沾滿了海軍的鮮血，走過的冰面上都留下了血印子，直到鮮血乾涸。

不過十數的人，卻全都散發出頂端能力者的感覺，而且還相當複雜……月神認爲，這些使者身上恐怕存在著不只一種力量。

「小茆。」

她接住往自己這邊飛來的小匣子。

亞爾傑指揮著手下全都做好最後確認，「這是能力者抑制藥物，無論如何，先以大局爲重。」

「……哼。」

第一名黑島使者終於站在岸上時，熊熊烈焰燃燒了起來，火牆阻隔往他與同伴們飛來的首輪掃射。不論是飛箭或能源子彈，全都被烈火所吞，火舌像是無法饜足的貪食者，不斷舔食著攻擊，讓襲擊無法發揮效果。

埋伏在附近的聯盟軍之中也不乏火系能力者，幾種不同的火焰力量同時壓制火牆，但效果似乎不好，火牆並沒有被壓下來，幾名聯盟軍反而像是被燙到一樣收回手，大片像是燙傷的痕跡出現在他們手上，很快腫出了水泡。

「黛安，這些『使者』能夠逆向回返能力。」摸著耳邊的通訊器，月神說道：「看起來會很難對付了。」

「我會將這個消息傳遞給其他人。」在遠端的輔助者這麼回應：「黑森林那邊也傳來相似的消息，不過綠色能力的影響較小，似乎是針對第二類能力者的配備力量。」

「嗯，看起來是這樣沒錯。」看見了聯盟軍的能力者們第二次被自己的自然系力量反彈，月神思考了片刻，張開了手，點點光芒再次飄浮出來，這很快便吸引了黑島使者們的目光。

那一雙雙湖水綠的眼睛裡載滿了嘲諷，像是等著看她能做出什麼。

這時候啊，她還真有點懷念友人那雙比較冷清的罕見雙眼，至少那沒有殺傷力，而且有時候被周遭人搞得露出不耐煩又無可奈何時還有點可愛。

金色的光點碎散成粉，融入空氣當中。

她冷眼看著黑島的來使們身邊逐漸凝結冰霜，一層又一層的極度寒冰覆蓋在他們周圍土地上。那些人試圖將寒霜回彈到她身上，不過她並不害怕。

現在的月神在經歷極端力量之後，重新駕馭了頂端能力，屬於她的力量她便全盤接受，與那些普通能力者不同。在她劃出的範圍當中，她的力量傷害不了她，只會讓她越來越強，回返的力量如同替她補充流失的能力，再次加倍往那些使者身上凝結，一次又一次，直到他們終於發現他們扛不住了，手指尖與腳底開始凍結，麻木得不能自由伸張，湖水綠的眼睛裡才出現了警戒的神色。

「別以爲你們第一家族眞的是神，眞正的神不須要在土地上打滾，他們只要在高高的天空中就能夠毀滅世界了。」月神抬起手，那些少年少女突然失去了重心，好幾人被翻倒在地上——雖然他們立即翻起站穩身體，不過很快又被某種力量往旁側一推，很難站穩。

「來吧，讓我也見識見識被釋放出來的黑島惡鬼們，究竟有多少能耐。」

究竟是黑島比較可怕，或是她所見過的人心比較可怕？

月神勾起冷凜的笑。

「妳誤會我們的來意了，我們可不是妳的敵人。」

在被凍結之前，一名少女拍去了身上的冰霜，釋放出火焰圍繞在自己身邊，並沒有立即幫自己的同伴解困，反而是抬起頭，似笑非笑地看著空中的美麗能力者，「黑島替你們解除了空氣的困擾，這是我們送給七大星區的第一份禮物。」

月神皺起眉，她發現在少女說話的同時，她的隨身儀器竟然被入侵了，擅自在身邊拉出了好幾個畫面，底下的聯盟軍也是同樣狀況，每個人身邊都張開了許多畫面；除了月神這的海邊狀況，還有黑森林所在的港口，那邊同樣站出了一名湖水綠眼睛的少年，他與自己面前這名少女使者幾乎是同步開口——

「黑島並非全人類想像的那麼邪惡，我們在深海中沉睡數百年，以致於人類忘卻我們第一家族曾經的榮耀，你們誤將沉寂的母艦錯設為深海中不明的黑島，誤植了神話，這些第一家族都不會怪罪於你們。就如同第一家族曾經將人們從母星中帶領到新天地一樣，我們會永遠地愛護你們，為了人類釋出善意貢獻，就像這被淨化的空氣般，你們再也不用害怕毒素，儘管使用高科技讓自己變得更好，讓世界變得更進步，七大星區做不到的事情，第一家族只需要半天就能解決。」

「那麼，現在我們將爲人類送上第二份禮物……這是數百年中，在我們沉睡的母艦上被遺忘的一份研究。我們相信人們因爲各自的能力會有不同程度的困擾，甚至有些人因爲沒有力量而保護不了自己，更別提在百年前想要一份力量還得花錢購買基因改造。七大星區佔據並壟斷這些力量，不公開藥劑發散給每位百姓，要你們付出身家代價；既然我們已經甦醒，自然就不會眼睜睜看著七大星區這麼糊弄大家。第一家族所派出的使者將到各地送上『進化藥劑』；注射藥物的人，只要奪得能力基因，你們將能夠短暫擁有那些應該屬於你們的力量……沒錯，只是短暫的，能夠永遠改變自己的研究與完全製作藥劑的工廠現在正在母艦上，被利慾熏心的五大家族封鎖；所有啓動的鑰匙都在五大家族的手上，他們佔用一切資源，與聯盟軍瓜分利益，製造動亂與戰爭，讓無辜的百姓受難。想想這幾百年之間，單純的你們因爲那些被創造出來的『力量』吃了多少苦頭……被蒙蔽的人們啊，帶著第一家族使者爲你們帶來的善意，去爭取原本應該屬於你們的一切吧。」

少年與少女的述說非常簡短，但是月神一看就知道要糟。

來不及防堵這些，估計現在全星區的人都看見了。

最接近他們的爆炸聲響起，月神回過頭，方才那些看見處刑者而興奮的孩子們所在的避難所燃起黑煙，炸開了。

擁出的人們衝向了原本要保護他們的土牆，用盡全力想要砸開。

同步的演說畫面關閉。

站在沙灘邊的少女露出微笑，抬起手往四周一拋，十數支針劑落在沙灘上、海水裡，隨著波浪不斷起伏，其他的同伴也撒出大量藥劑。

「說過了，我們不是妳的敵人。」

「『你們自己』才是妳的敵人。」

□

「把牆打開！」

「快點讓我們過去！」

庫兒可看著底下的村民們，有瞬間腦袋一片空白。

那些被疏散、上一分鐘還發著抖的普通人們，現在面目猙獰，雙眼大睜、充滿血絲，每個人都撕扯著嗓子朝她狂吼。

「那些都是騙人的，你們別相信啊。」不論如何，庫兒可還是先制止這些村人。

「已經有人使用了藥劑，那不是騙人的！」一名漁夫打扮的村人著急著打開了隨身儀器畫面。那是不知道自哪裡傳來、被放在資源分享區域的一小段影片，上面是好幾名普通百姓模樣的人衝向了海灘邊，搶奪那些針劑，一名青年在注射針劑中的紅色液體後，身上猛地纏繞出一圈火焰。

看見這種狀況後，周圍的人更加瘋狂了，搶得更加凶狠，許多人都在打進了藥物後，釋放出他們從未有過的奇異力量。

「我們還要保護家人！」

「快讓開！」

「你們能力者不明白我們的心情！」

看著下方拚命吶喊的村民們，庫兒可有些手足無措，不知道該不該撤開自己搭建出來的高牆。

「不行呦，不能讓。」

月神的聲音透過通訊器淡淡傳來，「無論如何，這是妳的防線，妳明白讓開會被黑島得逞，所以，不能讓。」

庫兒可握緊手，看著下方的民眾。

正想要喊話讓他們離開這個危險的地方時，身邊突然捲起一道風往她一搧，因爲壓根沒有防備一般百姓，庫兒可沒來得及擋，右側傳來痛感才意識到村民裡也混有能力者，雖然力量不高，但是正在試圖攻擊她。

朝著力量感看去，是一名長得很普通的男子，不到三十的年紀，一手攙著白髮蒼蒼的老婦人，帶著生氣又有點失望的表情抬頭望著她。

「給鄉親一條活路吧！我也得照顧奶奶，拜託你們處刑者放大家過去，我們也需要力量！」男子像是用盡力氣奮力喊叫，「我們不知道第一家族和聯盟軍發生什麼事情，但是黑島出現了，我們都只想要活下去，一點點的力量也好，讓我們可以自己保護自己吧！」

「我會保護你們呀。」庫兒可連忙回道：「你們回去避難所，我們會保護你們。」

「妳保護得了十個，能保護得了一百個、一千個嗎？」男子扶了扶身邊的婦人，周圍的人看著他們，於是他繼續開口：「我們這種沿海村莊只要星區遭到襲擊，都會是第一受害者，處刑者就算強得像神一樣，但是你們也沒辦法同時保護我們所有人啊。爲什麼不給大家力量，讓我們能夠保護自己，就像你們一樣強。」

「對啊，我們要保護自己！」

「我們也不想依靠別人！」

「等處刑者來救太久了！」

「我們要保護自己！」

「快把牆打開！」

庫兒可看著越來越憤怒的村民，也開始混亂了。

「即使，這些力量你們仍不知道是否危險嗎？」

輕柔的聲音隨著一股細微的草木香氣傳來，大量綠色植物爬上高牆，藤蔓不斷纏繞著土塊壁面，很快地綻開數以千計的白色小小花朵，顫動的小花灑出一片讓人神清氣爽的清香。

庫兒可完全沒發現綠能力者是什麼時候出現在她身邊的，那張淡綠色漂亮的面孔在吵鬧中無聲無息地來到高牆上，帶著整片綠意盎然，突如其來的變化也讓村民驚懾住，一時半刻都忘記要喊叫，四周霎時寂靜了下來。

從高牆上順著藤編織而成的階梯慢慢走下來，直到村民們面前，泰坦踩上了民眾讓出來的空地，環顧身邊圍繞成一圈的人們。

他張開手，掌心上有一支沙灘上的針劑。

「我不明白人類對安全的思維與定義，但這些東西還未經過檢驗，使用了會有力量，但也可能會死。如果你們想要，可以注射，只是用完後死了，今後就誰也不能保護了，你們無法等待檢驗的時間嗎？」泰坦看著發話的男子，將針劑交到對方手上，「你們現在能使用，只是後果與造成的混亂，最後還是將由我們來收拾。黑島將至，聯盟軍、行者和處刑者都很忙，你們能確認自己不會再添亂嗎？」

男子就和其他人一樣盯著泰坦美麗的面孔失神了很久，才反應過來，一時不知道該如何回答泰坦的詢問，支支吾吾地說不出話。

接著人群中突然衝出一名中年大漢，直接搶走男子手上的針劑，大吼：「誰管他會不會死！老子就是不想當代宰羔羊！」

說著，他直接把針劑往手臂打下去，所有人看著紅色的液體注射進大漢的身體裡。

也就是那麼短短幾秒的事情。

站在上方的庫兒可原本以爲那個大漢會像影片裡一樣，突然炸出什麼能力，但就在那瞬間，所有人突然倒地，不只打了藥物的大漢，是全部人在同時間兩眼一翻，全都在地上昏死。

庫兒可嚇了一大跳，躍下高牆想救人，才發現所有人都睡著了。

沒錯，全部都閉著眼睛呼呼大睡了起來。

「我不理解人類的衝動，我也不喜歡收爛攤子。」泰坦看著藤蔓上的白色小花，「昏迷香，會繼續延展，或許保護昏睡的人會比較輕鬆。」

「你怎麼會在這裡？」庫兒可記得這名很強的森林之王是不能隨便離開黑森林啊！好像因爲現在世界很毒，他會不舒服。還有，黑森林的人應該是跑到另外一個港區吧？

「蕾娜帶著主力隊伍去了港區。」泰坦相當自然地說道：「所以我想或許我應該來這邊看看。」

不！你應該好好在家裡待著啊！

即使庫兒可和蕾娜沒那麼熟，但是她也很確定蕾娜帶著黑森林部隊去支援港區的用意，絕對不是要讓泰坦隻身到處亂跑。

「天風在第六星區上空散布植種，我們很快就會回去了，不用擔心。」泰坦說著，抬頭望向上空，銀綠色的巨大身軀正好自空中飛舞而過，落下許多綠色小小的芽和花朵，「黑森林正在分析這些黑島藥物，在完全確認之前，我讓植物們大量釋出加強人體代謝的藥物在空氣中，讓人們不那麼容易被毒死。」

泰坦想了想，「然而其他地區，或許就無法兼顧到了。雖然我們也有據點，但力量有限。」

「這已經很厲害了。」庫兒可覺得如果所有星區、甚至小島區域都能兼顧到，就太可怕了。

「在天風完成任務之前，就讓我先協助月神吧。」從地面上翻起大量植物覆蓋在那些昏睡的人身上後，泰坦輕輕靠在身邊長出的小樹枝，任由小樹瞬間茁壯成長爲參天巨樹將他帶往空中，視線也自地面轉爲俯瞰整片海域與沙灘。「人類是否能夠憑自己的力量處理這些呢……」

「處理不了的話，頂多就是回歸原始吧。」

冷冷的聲音從後方傳來。

泰坦側過頭，看見了白髮的孩子，全然無任何感覺，輕輕鬆鬆、毫無預警就出現在他的身後，清澈的紫色眼眸依然不帶絲毫溫度。「這對你們這些『種族』而言，不才是最好的事嗎。」

「……確實，人類到現在還未區分出我與他們的差異，我的族人大多還沉睡著，等待復甦。」泰坦看著往四周擴張的綠色土地，「但是，我希望蕾娜活著。你們口中的『母星』不也原本是個人類與種族並存的世界嗎。」

「後來就變得和現在一樣，不過我哪邊都不是，我只跟隨我侍奉的人。」孩子淡淡地說道：「他本來也以爲人類到這裡會遵守約定，和種族共存。」

泰坦張開手，散出大量細小的黃色花朵，讓這些小花花粉隨著風，吹向了隻身在前的月神身邊，「這也是沒辦法的事。生命只要有智慧，必然就會想要擴大自己，即使是一小株藤蔓，也會想盡辦法攀附在大樹上汲取養分。現在，我們只能找個喜歡他們的理由，確保他們能夠繼續存在下去就好。」

「好吧，我會將你的意思帶回去。」

「請等等。」喊住了正要離開的孩子，泰坦想了想，開口：「我聽過你們的傳聞。像這樣的旅行，還須要維持多久？」

孩子歪著腦袋，思考了幾秒，才回答。

「也差不多該回去了吧。」

第八話▼▼▼將消逝的生命

「如何，我想大家還是有些時間的。」

阿提爾看著畫面上傳回的各處抵抗。

「你們也看見了那些使用能力藥劑的。」莉絲勾起笑，冷冷地說道：「究竟時間會加速或縮短，還很難說呢。」

「那究竟是什麼藥？」大白兔看著畫面上注射的人確實不可思議地出現了力量。他在研究室自然看過類似的研究，但是並沒有如此快速生效，照理來說應會出現各種排斥，很難如此理想。

「神藥啊，你們要不要來一發呢。」莉絲轉動著手，指尖出現了藥劑的影像，「想要什麼能力，只要注射了，去搶就有。」

「他們不是已經出現力量了嗎。」波塞特皺起眉。

「那是短暫的，製作藥劑時隨機混進去的微小力量，僅僅幾分鐘而已，很快就會消退，需要的是能力者的基因，拿到越多，就能維持越久。」莉絲發出笑聲，又打開了好幾個畫面，「就像這樣喔，很有趣的。」

畫面上顯示的是大量民眾包圍所見到的能力者，像是渴食的吸血鬼般拚了命想要從能力者身上刨下一塊肉，或一點血。部分能力者不願意傷害普通百姓，消極地抵抗退離，這反而讓人造人順利快速地進入星區之中，有些能力者則是在混亂中被無數的手給抓刨受創，還有一些則是直接釋放能力劇烈反抗，大量注射藥物的人被打傷，蜷縮在地上痛苦哀號。

不論如何看，都像是人正在吃人的畫面。

「當初他們這樣撕扯我們，現在自己吃食自己，感覺也挺不錯的。」莉絲笑吟吟地看著那些好戲，幸災樂禍說著：「為了取得第一家族的力量，人類可是卯足了勁在切割我們，好像我們不會疼痛似的，現在這滋味，還予他們。」

「妳……」

「好啦，聊天時間也過了，帶著禮物來的客人們也來了，現在就看著這艘星艦被解放吧。」莉絲打斷大白兔的話，朝幾人眨眨眼，關掉所有視窗，重新打開幾個畫面，都是星艦四周的影像。不知何時，星艦周遭已圍繞了幾艘巨大船隻，與先前的探測船不同，而是真正的星區軍船，配有各種毀滅性武器，以及強大的能力者。

青鳥很快就認出來其中屬於第四星區的船隊，四周包圍著各色家系，守護著白之家的主船。

在這種時期，青鳥不認為雪雀會親自來到這裡，而放任遭到襲擊的星區不管，看來白之家來的是僅次於雪雀地位的長老、或是前任首長。只有這些人才有可能將「神器」帶出……只是他有些不解爲什麼雪雀會這麼快把「神器」送出來，幾乎和其他家族同時到達這個地方，像是說好的一樣。

那些蹦蹦跳跳的人造人並沒有像先前一樣攻擊這些船隻，反而跑得不見人影，留下那些血肉機骸的漂浮地讓大量船隊捱著，一艘接著一艘放出了前行探測隊伍。

經過了好一番確認，在確定沒有立即性危險後，傳說中的古老家族開始有人從主船中走出，在大量護衛包圍下，青鳥看見來的果然是第四星區地位僅次於總長的長老，手上謹愼端著水晶匣子，然後是另一側的多萊斯家族，接著是從未見過的船，上頭下來的人也簇擁拿著盒子的人，很可能是埃卡家所擁有的。

塔利尼的神器已經被噬等人帶進母艦，解開了星艦初步的防禦動力，讓星艦得以逐漸甦醒。

「看來蘭恩家動作還是慢吞吞呢。」莉絲點算了幾個盒子，看了阿提爾一眼，「沒關係，你們終究還是會帶過來，畢竟阿克雷在這裡呢，先讓他解開禁鎖，我們就能先完成很多事情了。」

除了運送「神器」的船隊，海域上也越來越多不明船隻，不再被人造人襲擊後，這些船隻密密麻麻布滿了四周，每艘船都在觀望古老家族的動作，也等著傳說中的母艦被開啓的那瞬間。

或是要搶奪，或是要引爆戰火，通通就在星艦大門打開的那一瞬間。

使者們打開了盒子，捧出了或大或小的透明水晶球，將球體放上星艦外圍的凹座時，大量數據在透明球中極速跑動，層層疊疊的數字與資料灌入了凹槽內，星艦大門，應聲而動。

畫面上並沒有聲音，莉絲將所有聲音都消除了，只能看見動作。那瞬間家族的使者們肯定下了抵禦的指令，帶來的聯盟軍和護衛隊在血肉地上圍繞成一圈，武器與盾對向外，下一秒大量攻擊者們與之碰撞。

短短數秒之間，海面上陷入一片混亂。

使者們就在這短暫的保護中快速進入星艦，與青鳥等人來時走的道路不同，他們似乎走得比較像是某種迎賓大道，寬敞的大廳長廊，白色的華麗壁面，兩側還有大量水晶裝飾，既美麗又寂靜，與外面的廝殺成了強烈對比。

青鳥等人就這樣看著那些使者依照他們手上有的資料與地圖，各自往不同方位找去，開始對母艦進行他們所認知的「啓動」，以及爭取時間盡快劃分家族系統與資源。

「你們就在這邊等著吧，如果需要吃的也別客氣，我得去好好打扮一下，招呼這些客人了。」莉絲看著畫面，淡淡地開口：「比起他們，你們這幾位小朋友還比較討喜呢。」

說完，女性的身影眨眼消失在眾人面前，只剩下領航員在原地繼續運行。

「還要等多久？」

寂靜的空間裡，弗爾泰首先打破寧靜。

「還在監視呢，別著急。」波塞特看了眼領航員，聳聳肩，然後稍微放鬆僵硬的肩膀，走到一邊坐下，摸出了口袋裡的小零食拋給青鳥，「養好精神，母艦開啓那一刻就有得打了。」

青鳥接住餅乾條，點點頭。

四周再度沉默了下來。

接下來的時間依然漫長，但所有事情如同有一雙巨手大力又快速地推動。

他們看著那些家族的使者在莉絲刻意操弄的影像迷惑下，打開了「神器」，初步解碼母艦船隻，古老的星艦能源於是被啓動。最初是保存的備用能源，接著是光影與海水轉化爲更龐大的動力，一個接著一個，原本昏暗的空間被點亮，那些封閉的工廠、區域得到了能源開始運轉，塵封的古代實驗室跑動起數據。

就像一個沉睡許久的人，全身血液重新流動於血管之中，自心臟開始輸出生命，逐漸傳達至每一個細胞、神經。

美麗的人造人從工廠走出，穿梭在不同的走廊上。

使者們看著來到自己面前迎賓的人造人，幾乎相信了他們被母艦所歡迎，帶著家族賜予的授權，準備帶回其他人無法觸及的榮耀。

母艦晃動了下，那些血肉堆疊的小地裂開來，隨著波浪粉碎，被打回醜陋的原形，一點一點沉入海中，吸引來大量的掠食性海洋生物，快速將這些腥血吞噬。

海上大量船隻開始警戒。

接著他們也不用警戒了。

母艦往四面八方炸出傘形的放射狀光芒，船隊幾乎瞬間被粉碎，眨眼灰飛煙滅，只剩大量黑灰在海風當中飄散。

在那些灰霧中，母艦開始移動了。

「凱達斯特號空間瞬移即將啓動，請諸位做好安全搭乘準備，座標目標爲……」

領航員開始預報目的地座標時，青鳥看見周圍景色漸漸變得模糊，像是暈染開的顏料般扭曲成一片。

因爲這個世代禁止高科技，所以他們並未親眼看過高速移動，以及更高階的空間瞬移軌道，只在記錄上知道星艦在宇宙航行時經常利用空間瞬移遊走於星系當中，避開一些危險、蟲洞與找尋新天地。

到了這顆星球，資源與空間運轉能量有限，人們便比較熱衷於基因改造，讓家族能盡快強壯起來，以便分得更多資源。

即使如此，青鳥也知道要瞬移空間一次，得花上很巨量的能源，沒想到母艦剛剛解開初步系統，就可以在短時間內收集完這些需要的能量。

「這地方是……」大白兔聽完座標點後，沉默了數秒。

「不論是哪裡，做好準備。」沙維斯開口，與所有人一起看著四周變形的空間，短短數秒，整艘星艦傳來壓抑的細微震動，空氣開始拉扯著每個人的身體，如同一隻隻看不見的手般朝四面八方扯動。

那種感覺實在是很不舒服，即使是沒什麼痛覺的大白兔也相當反感。

幸好只維持了短短幾秒，海上連著雲的異色海景消散之後，取而代之的是一整片鬱鬱的蒼綠色。

母艦移動到了一整片樹海上，巨大的星艦沉落在數百數千樹木植物之上，轟然一聲巨響，自下方倉皇逃出勉強活下來的各種動物與鳥禽。

領航員停頓了下，這個結果似乎令她很意外，青鳥看見領航員試圖修正座標，顯然他們並不是在預設的地點出現，不過她很快就抹除了畫面，閉上眼睛像是在與誰溝通般，過了一會兒才再度睜開眼睛。

「凱達斯特號空間瞬移完成，距離下次啓動空間跳轉時間還有兩個小時，現在開始倒數……」

「就是現在！」

波塞特確認到達第七星區座標的同時，甩出在手中壓縮許久的黑色火球，數千度高溫撞擊上透明牆時，就算母艦的牆面再怎麼堅硬，還是硬生生被破壞出一個大洞。

艙內警報聲響起，弗爾泰補上了第二記，強烈火焰在所有人四周繞開一層保護圈，但裡頭的人並沒有感覺到熱度，兩名火焰能力者都刻意吸收了保護層內的高溫，只任由外層肆意瘋狂毀滅。

「快走。」

幾個人用最快速度奔向已開始修復的牆面，脫出的瞬間，在燃燒的空氣中嗅到一抹混入的綠意氣息。

從外面看起來，這艘母艦更龐大了，偌大的樹海甚至山脈都被母艦給壓垮，硬生生被壓垮的群山給托住，整片大地受到了巨力壓迫不斷在痛苦震動，發出可怕的地鳴。

跳出母艦內部，青鳥被早一步穩住身子的沙維斯給拽住，拉上外面一小塊平台，一起看著轟隆作響的第七星區出現了裂痕，被擠壓的土地向外裂開，撕扯出深深的壕溝；扯裂的傷痕不斷擴大，一些遠方逃竄的動物來不及躲避，便發出哀鳴摔落地洞當中。

即使是能力者，他們也無法停止這些傷害。

大白兔站在高處，眼睜睜看著自己保護的第七星區嚎叫，握緊了白色的絨毛手掌，什麼也做不了。

唯一慶幸的是附近沒有任何居民，幾座山周圍的鄉村早就撤離，他們與第七星區連線的儀器顯示附近並沒有人類存在，只是動植物的死傷恐怕難以計數。

接著，在大地裂開的斷吼聲中，從空中傳來另一個幾乎聽不出來的吼叫聲。

青鳥抬起頭，看見六翼的巨大黑影籠罩在他們頭上。

許多植物散落下來，落進深淵之中，接著是更多的綠色向上生長，很快地便出現大量巨木支撐在其中。

人影從飛龍上跳下來，颳起了風，連落在幾個人面前都悄然無聲。

「伊卡提安？」看清黑色的人影後，青鳥很驚訝，沒想到會在這裡看見應該在第六星區的黑色處刑者。

伊卡提安稍微退開了一步，又是兩個人影落下來，輕巧地站在平台另一側。

「！」青鳥看到眼熟的人之後，差點沒撲上去，「黑梭！」

「好久不見啊，怎麼沒來個歡迎的擁抱。」黑梭笑著抬起手，望向大白兔，看著布偶愣在原地讓他心情登時大好起來，「一聽到你們會來到這裡，我就連忙搶個好位子跟來了。」

沒想到昔日的夥伴會在這裡出現，大白兔相當震驚，他以爲黑梭應該會在荒地接受治療……顯然他還未完成治療，右手仍纏繞著黑色的布條，連五根手指都被緊緊裹住，整個人看起來也比以前消瘦許多，一身衣服有些鬆垮，不像以前衣架子般撐起來挺好看的樣子。「眞是……你……」

「亂來嗎？」黑梭爽快地笑了笑，稍微活動了手臂，「雖然沒有先前的水準，但是身爲兔俠組織的成員，怎麼可以把第七星區交給其他星區的人呢，已經約定過要守護這裡了，無論如何還是要走到最後對吧，這也是『道』的一環吧。」

他當然知道自己的身體狀況，然而也不能眼睜睜看著星區被毀還無動於衷。

大白兔無奈地垂下耳朵，知道這位友人一旦決定了就很難勸退，於是走上前，抬起毛茸茸的手掌，「在下，再次拜託你了。」

「好說好說。」黑梭用手握住了兔掌，雖然沒什麼溫度，不過觸感還滿熟悉的。「一開始，我們一起去第六星區打開這一切，最後也一起看完吧。」

「嗯。」大白兔點點頭。

另外一位在其他人看來就很眼生了，看起來是蒼龍谷的打扮，伊卡提安低聲向對方說了幾句話，那人很快就消失在眾人面前。

沙維斯從青年落下後便一直盯著人，遲疑了片刻，淡淡地開口：「……你來了。」

「嗯。」伊卡提安同樣回答得很淡漠，而且很簡潔。

「所以，琥珀眞的沒被洗腦吧？」

黑梭俯瞰著碎裂的大地，說道。

□

琥珀離開所有人之後，大白兔便接收到「調魂」傳來的細微訊息，是讓他們無論如何都不要輕舉妄動，透過了「調魂」的力量，琥珀一點一滴地讓大白兔知道將會發生的事情，包括傳送了幾個星區災難將近的暗碼。

他讓大家等待著，母艦被錯誤的座標帶到第七星區的那一刻。

因爲按照莉絲的想法，她會急著想先將母艦安置下來，以最快速度策劃一波「惡神降臨」的大地危機。甦醒的母艦將在第一時間啓動備用能源，在最短時間內準備好瞬移，這無論如何都無法阻止，只能改變座標，讓母艦的座標從原先的首都更動成數千里外的群山，將可能的傷害盡量減到最低。

雖然仍會造成大地動盪，最終還是會波及到城市裡頭，但總比母艦直接壓在首都及附近幾個城鎮上要好得很多。

「阿克雷當然沒被控制啊。」阿提爾微笑著浮現身影，「既然有著記憶，自然會提防被操縱的可能性，不過就這麼進入控制室倒也挺方便的，可以聯繫上很多人，只是現在估計也被發現了吧，莉絲不可能會以爲是領航員座標錯誤造成轉移偏差……放心，阿克雷沒有立即危險，莉絲不會這麼就將他殺害的。」

確實，大白兔收到的轉達中，也告知了莉絲暫時不會對琥珀本身有所傷害。但是青鳥聽見被發現還是很擔心，很想馬上衝回去把琥珀帶出來。

短短時間內，母艦裡又再次傳來某種深沉的鳴響，似乎開啓了什麼運作。

「已經解開第二道授權鎖了，在第三道授權鎖解開的同時，有一小段時間母艦防禦會減弱，你們可以趁機使用你們安排好的東西，將母艦固定在這個位置。」阿提爾在空氣中拉開了縮小版的母艦影像，在艦體上點亮幾處，「這是防護較爲脆弱的區域，你們能夠貫穿這些區域的話，兩側靠近末端下方處各設有一座輔助的能源自主轉化生產爐，只要先破壞，母艦的能源供給就會減少三分之一，暫時無法做長程空間瞬移，能爭取些時間。」

「這些事情我們來做應該可以。」波塞特和弗爾泰對看了一眼，「搞破壞我們最行了，鳥氣也受夠了，現在總算可以好好發洩對吧。」

「嗯，『你』也的確是比較好的人選，可以減少傷亡。開始破壞的時機我會告訴你們，現在先準備吧，時間不多了。」說完，阿提爾看向其他人，「關於蘭恩家族……」

「我知道該怎麼做。」伊卡提安淡淡地開口：「所有的事，蘭恩一族都有完整的傳承，無論選擇是何種。」

「很好，那我們就再進去吧。」阿提爾勾起唇角。

「再進去？」青鳥看著被他們破壞、已經重新修復的母艦外壁。

「放心，莉絲根本不在意我們的行動，她不覺得能威脅得了她什麼，所以我們就正大光明地從門口回去吧。」阿提爾指指下方，笑著。「她還在等著蘭恩家的最後一道鑰匙，這樣可以完全解放所有封閉的動力。」

「事不宜遲，快走吧。」沙維斯拍拍波塞特的肩膀，「自己小心。」

「滾吧你，我才不用你來擔心。」波塞特嗤笑了聲，轉頭和弗爾泰一前一後消失在平台的邊緣。

青鳥看著在下方捲起的火焰，用力地深呼吸，取出被自己放在口袋中的小東西。那是離開第四星區時，雪雀交給他的物品。或許母親很早以前就知道最後事情會發展到這地步，以致於被發現這份能力已經不太重要了。

「請你們等我一下。」

他默默地做了一個深呼吸。

也該是時候了。

□

阿提爾所謂的從「大門進去」，還眞的是大大方方從迎接大門走入。

比起在影像中看見的大門，現在眞正的母艦大門在他們面前敞開，散發的龐大氣勢與威壓又不太一樣了。白色不明材質的雕刻上還染著掠奪者們戰鬥過後的血跡，斑斑駁駁地濺得四處都是，不過那些痕跡似乎正在淡淡減退，顏色越來越淺，好像被母艦給吸收似的。

青鳥看了一會兒，血跡眞的變少了，有些血點直接消失不見，讓他覺得頭皮有些發麻，錯覺母艦搞不好是個活體，還會消化這些血肉碎片。

領他們進大門之後，阿提爾便消失了，不過手腕儀器的地圖指引並沒有中斷，加上好像知道該去哪裡的伊卡提安走在前面，幾個人就不用費心去思考路徑。

站在兩側的人造人雖面帶微笑，雙手放在腹部前交疊，然而精緻美麗的面孔上都掛著一抹冷酷華麗的笑容，彷彿在迎賓之後，隨時可以撲上來將他們撕成幾百片碎塊。當然，他們也的確具備這種力量。

伊卡提安拿下面罩，露出那張與阿克雷酷似的面孔，那些人造人才有些疑惑，盯著伊卡提安好半晌，試圖掃描他的面孔比對資料庫數據。

不曉得是不是看不見的因素，伊卡提安並沒有對那些人造人投來的不善目光做出反應，只是略微停頓了下，按了按連結隨身儀器的視覺模擬數據輔助儀，「蘭恩家保留大量關於母艦的指示，應該往這裡走，有第二家族專屬操控區能夠使用。」

說著，他也無視那堆人造人，筆直就往所選的長廊走過去。

青鳥看見有幾個人造人明顯想要撲上來，但是因爲不明原因忍住了，浮躁的步伐在地面上蹭了蹭，發出細小的聲響。

人造人會因爲伊卡提安太像阿克雷而不敢動手嗎？

青鳥搖搖頭，在腦袋裡丟掉這種可笑的想法。雖然很像，但也不過只是第二家族的遺傳好吧，人家就是能把這麼好看的臉和身材留給後代，哪像他家只遺傳了矮……算了不想了，越想越心痛，這陣子的冒險跋涉根本也沒多長幾公分，唉。

略慢他幾步的大白兔和黑梭輕聲交談起來，大致上是詢問了黑梭後來的狀況。

黑梭簡單敘述了下荒地之風替他治療污染的過程。荒地之風的醫師相當厲害，很快就找到了幾種混合污染源，著手開發解毒劑，但是治療的時間需要很長，必須將污染源一點一點從他的身體剝除，爲了不讓他的身體產生交叉污染、再次異變，他們只得很小心地清理，這可能要花費很長一段時間。

「一開始說連同能力的復健起碼要一整年，我覺得他們是在說謊，然後就逃院。」黑梭環著手，用不知悔改、很深沉的語氣批評治療自己的治療行程，「後來被逮回去，他們改口說八個月，一下就縮減了三分之一，我嗅到說謊的味道，他們才老實說至少得要半年，但是依照我的體質很可能會更快，受創的野獸力量也會隨著時間慢慢修復，只是短期內不能再像以前那樣全體變化了。」

「實際上，在下認爲你出現在此處也很要不得。」雖然理解對方的心意，但是大白兔還是比較希望這位夥伴被五花大綁拖回去治療。

雖然他這種布偶的身體很難對遭到凌虐的痛苦感同身受，但也知道那種接近死亡的折磨與可怕感覺，他眞希望黑梭此刻還是好好躺在荒地之風裡，起碼在惡神破壞世界時，那個地方還會有一定的安全保障。

身邊的友人，眞的吃太多苦了。

正這麼想的時候，大白兔突然覺得耳朵被往上一扯，整個臉跟著繃直起來。

「兔子，別又露出那種懺悔的味道。」黑梭毫不客氣扯著大白兔的耳朵往上一提，「再怎麼說，這裡可是我選擇要保護的家鄉，別再讓我重複了。」

「……好。」大白兔被放下，點點頭。

接著兩人又稍微談了些關於第七星區的事情。

青鳥覺得還是別去打擾他們比較好，於是步伐稍微踏大了些，跟近了伊卡提安與沙維斯身後。這兩人安靜異常，完全沒有人先開口說話，又或者他們根本沒有打算說話，各自警戒著身邊的動靜，以及時有時無的人造人。

「你知道琥珀不會活很久嗎？」

就在青鳥試圖想著要怎麼應對接下來的事情，前面突然傳來冷漠又讓他吃驚的話。

伊卡提安淡淡開口：「除了幾位比較特別的人以外，第一家族的壽命平均不過三十年，幾代混血後雖然能維持較長時間，但是只要使用能力，身體會很快開始面臨崩毀。」

莉絲確實也說過這樣的話，青鳥那時候很震驚，可是他覺得可能是莉絲在恐嚇他們，還半信半疑，現在伊卡提安開口了，那種強烈的不安感立刻又在心裡瀰漫開來。

「到底是……」

「力量過於強大，似乎原本就是很難以活久的體質。」伊卡提安停下腳步，面前是一

道封閉的通道牆，他走到一邊打開系統操作，數秒後便開啓障礙，「就像被極端能力震撼過的身體，將會很快面臨各處受損細胞的毀滅，使用能力會加速這個過程，蘭恩家族記錄過其他混血的壽命，很多皆不到三十歲便死亡，更甚者連成年都無法。」

青鳥用力握了握拳，用盡最大的力氣讓自己冷靜下來，「琥珀很少使用第一家族的力量，我覺得他沒問題……」

「眞的嗎？」伊卡提安冷漠地反問。

不，仔細想想，其實從飛行器撞上學校開始，他們周遭就時不時出現不明來源的力量，有時候讓他們就這樣渡過危險，青鳥即使不想承認，但力量來源是琥珀這點幾乎能百分百肯定。他能一次次從各種綁票中脫身，估計也都是靠著自己眞正的力量活下來吧，只是他的使用限度很小，從未被發覺罷了。

青鳥回過神來，才發現自己嘆了口氣，一身的冷汗。

他能夠怎麼辦？

「你的意思是，你也很快會面臨死亡嗎？」

青鳥差點撞上某個人的背，他煞住腳步，看著沙維斯停下來，瞬也不瞬地盯著伊卡提安。「因爲我的極端能力，對吧。」

「……極端能力會不斷損毀身體，即使排除也很難復元，就只是延後毀壞時間，永久性的受創依然存在。」伊卡提安語氣並沒有任何改變，很平淡地陳述著，「是的，我活不久。」

「我……」沙維斯張了張嘴，很艱難才從喉嚨吐出了字，「很抱歉……」

「我知道這不是你的意願，不用爲此難過，讓我介意的，是可能在我死之後，你會找不到理由爲我和吉貝娜祭掃，『她』會很傷心。」伊卡提安頓了頓步伐，正要繼續往前走時，有人一把抓住他的手臂。

「不，我有很多理由。就算忘記，但是從現在開始的我只要全部記清楚就好了，我們可以重新踏上芙西，再次去各種不同的區域，就算過去被遺忘，未來他們並沒有奪走，你的未來也還在，我會找到辦法修復怒光造成的傷害。」沙維斯很認眞地看著面前白皙的臉孔，還有那雙被覆蓋在黑布底下的雙眼，「你的眼睛，高科技重回星區，你會得到更好的治療，黑暗不會永遠覆蓋光明。」

伊卡提安輕輕地勾起唇角，「或許吧。」

「然後，我們一起成爲處刑者。」

沙維斯這次的話眞的讓伊卡提安意外了，「遊走各大星區的處刑者，不是也很不錯嗎。」

思考了片刻，伊卡提安這次眞的笑了，「或許不錯。」

「所以，一起活下去。」

沙維斯放開手，感覺到腳底傳來的震動，他放出的能力很輕易探查到巨大的火焰之力在母艦下熊熊地燃燒，那兩份力量像是被激怒的火焰神祇擲出的懲戒烈焰，既強悍又美麗，母艦啓動的防衛估計沒能擋住，走廊上很快便傳來大作的警報聲，他們附近的所有人造人瞬間消失。

火焰能力者確實替所有人爭取到時間。

「快走吧！」

第九話▼▼▼大魔王

伊卡提安帶著眾人走過無數長廊與經過好幾個像是生活區的區域，最後來到一個同樣分不清是哪裡，也沒有明顯地標的白色大空間。

他們也不知道該怎麼幫忙，阿提爾似乎沒有現身協助的意思，就看著伊卡提安一個人四處走動，用系統探索著，過了一會兒，空間內的右前方才被他摸出了一座白色的小台子，與牆壁地板同材質的台座上刻劃著蘭恩家的圖案標誌，還有一個淺淺下凹的形狀。

伊卡提安將自己帶來的水晶球放置在凹處上，很快地，裡頭浮出大量奔動的數據，以及湖綠色的淺淡光芒。

「這裡會暫時性隔離莉絲與第一家族系統的入侵，你們先休息片刻，我要輸入一些蘭恩家的指令，會花費一點時間。」伊卡提安十指按在水晶球上頭，四周拉出許多湖綠色的系統介面，上頭充滿大量程式，每條編寫都極爲複雜，讓本來有意幫忙的其他人瞬間打消了念頭，乖乖先圍繞在附近做短暫休息。

「不知道波塞特他們安不安全。」青鳥爲了讓自己能好好鎮定下來，先把思緒放到另外兩人身上。

「我在監控他們的力量，一切正常，他們會保護自己。」沙維斯確認了兩道火焰都沒有消滅，雖然有大量能力者朝他們而去，但他們似乎相當遊刃有餘，完成了破壞任務後，應該是順著指示，從破壞處的缺口往他們這方而來。

「你們也別太擔心了，他們遇到危險的可能性很小。」阿提爾似笑非笑地說：「特別是那位比較年輕的波塞特，他身上可有不得了的東西，這艘船上大部分的人造人只能迴避他。」

「什麼意思？」黑梭也是剛剛才弄清楚青鳥等人來到母艦之後的狀況，一聽立刻奇怪了起來。回頭看了下，其他幾人也是一臉莫名。

「他身上有『印記』，人造人不敢真的殺死他，只能迂迴地驅逐。」阿提爾想了想，繼續說：「不知道是何時得到的呢，那是少數能夠在母艦中自由通行的特別授權，雖然無法控制母艦，但能夠保證他的安全。」

「波塞特怎麼會有那種授權？」青鳥疑惑了，「難道是琥珀……」

「不是喔，唯獨那種『印記』是阿克雷給不了的，他也許是運氣太好了吧。」阿提爾探測著船內，但遲遲搜找不到他想要找尋的存在。

如果不想被找到，即使如他這樣的超級系統，也很難發現吧。

看著少年的影像再次消失，幾人也知道可能問不出所謂的「印記」，只能重新把重點擺在警戒上。

與此同時，被碾壓的山脈四周聚集了各式各樣的能力者，不論是第七星區本身，或是來自遠方各地，母艦周圍正開始布下許多箝制，盡量拖延星艦的行動。

雖然看不見，但綠能力者依附的植物也正在急速生長，攀爬上母艦外殼。

如果可以，他們必須要把母艦在這個地方就地處理掉。

大白兔打開母艦地圖，有一些本來標註警示或是黑暗的地區已經變成可通行了，甦醒的星艦正在加速喚醒內部設施，讓機能運轉。

說眞的，如果沒有莉絲的復仇作爲前提，這艘星艦的內部資源其實能夠造福眾多人類，使很多貧困的地區得到改善。然而回頭想想，就算沒有莉絲這樣的存在，這些古代遺留下來的珍貴財產，估計還是會落進各大家族的手中，唯有上位者才能享受這一切吧。

大白兔覺得有些感慨，明明是能夠讓許多人類幸福的寶藏，卻總是只能被少部分的人享有，而那些貧窮小村莊內的人，依然日復一日，過著艱難的生活。

科技不能讓所有人都幸福享有嗎？

「有東西靠過來了。」老遠就嗅到臭味的黑梭站起身，從腰間抽出荒地之風送給他的能源武器。

「退後。」沙維斯站起身，直接在入口處拉出電網。不到兩秒時間，第一頭撞上電網的機械野獸直接被高密度的雷電燒得看不出原樣，焦黑地倒在一邊。

接著是第二頭、第三頭，大量虎型機械獸不斷撲上來，疊出更多燒焦屍體，竟然硬生生地撞開電網，朝他們齜牙咧嘴。

沙維斯正要把這批東西一口氣劈個焦黑時，冷冽的風颳過他們身邊，幾十隻機械野獸瞬間被切成幾萬塊碎片。

「哇喔。」黑梭吹了記口哨。

頭也不回的伊卡提安收回手，繼續自己的進度。

接下來有一段時間，衝出來的機械獸都是這樣被處理掉，不是被電網燒得焦黑，就是被風刃切割成片，讓其餘在場能力者們覺得有點羞愧，什麼手也出不了。

人家蘭恩家的能力者強到可以一邊處理系統一邊出手防禦呢。

「好了，離開這裡吧。」

第六批野獸變成冒煙黑色物體時，伊卡提安的手離開水晶球，「最後一道封鎖解除，我們快點去找到琥珀。」

「你知道他在哪裡？」青鳥跳了起來。

「嗯，阿提爾先生將座標發過來，走了。」

伊卡提安催促著，沙維斯和大白兔等人繞過那些野獸碎片，直接在前方開道，接著是青鳥和黑梭，最後是墊後的伊卡提安。

外頭已經站了很多人造人，但是不知道爲什麼他們還是沒有靠過來，只惡狠狠瞪著這邊。

青鳥也和其他人一樣搞不懂人造人在忌憚什麼。

正快速往前移動，上頭突然有黑色陰影瞬閃而過，動作比較快的青鳥第一個反應就是往旁邊撲倒距離自己最近的黑梭，但顯然影子的目標不是他們，而是後面的伊卡提安。大白兔反射性翻身想要壓制黑影，才發現這個眞的是「黑影」。

不知道從哪竄出來的影鬼直接纏繞住後頭的伊卡提安，幾乎將他整個人包覆起來，短短的刀尖帶著血從黑影裡穿出，是在人體腹部的位置。

「你們以爲帶著阿克雷的庇護，我就不能下手嗎？」

女性的聲音從高處傳來，青鳥抬起頭，看見莉絲的影像出現在他們上方，冷冷地俯瞰著，「這裡的存在不能，那外面的存在可就不受這點控制了。」

影鬼從伊卡提安身上消失時，青年捂著腹部跪倒在地，白色的地板上很快擴出了一圈血液。

「蘭恩家的渾蛋們也眞賊了，把阿克雷殘留的細胞直接植入後人的身上，系統探測到阿克雷的反應自然就不會對他出手，讓你們賊溜溜地跑進這裡。」莉絲看著那張熟悉的面孔，冷冷哼了聲，「垃圾，你連阿克雷的一根腳趾都比不上。」

沙維斯拉出大量雷電擊殺周遭的人造人，立即上前替伊卡提安止血，然而傷勢比他們想像的還要嚴重，就算燒灼了傷口暫時止血，幾乎已穿透要害的傷口還是得盡速得到治療才行，否則會因爲傷重無法挽回。

靠著沙維斯站起身，伊卡提安雖然看不見，還是微微抬起頭，面向莉絲的方向，「妳知道蘭恩家流傳的使命是什麼嗎？」

「幫助第一家族呀。」莉絲聳聳肩，「所以你給我送鑰匙來了。」

「不，如果阿克雷出現，認爲世界該滅，便毀滅世界。如果世界該留……」伊卡提安勾起唇，「就毀滅妳。」

「放肆！」莉絲怒罵了一聲，「不要臉，你們竟敢想要毀滅第一家族！」

「妳不是第一家族。」伊卡提安以依然不帶有任何波動的語氣說道：「所有的稱號，都是別人給的，第一家族、第二家族……全部都是人們自己創造出來的名稱。現在人們已經不再用這個名稱稱呼妳，妳僅僅只是『惡神莉絲』，我們的『主神阿克雷』想要留下世界，蘭恩家便支持他，主神想要毀滅妳，我們便協助他。『我所信仰之神，賜予懲戒之火。這個世界充滿了虛僞與違反的罪惡。讓我手握著懲罰之火，將火焰降臨於罪人之身，淨除不需之惡，願主保佑。』」

大白兔耳朵一抖，後面那幾句是他再熟悉不過的話語。信奉請願主的他們幾乎都能倒背如流，這是請願主「阿克雷」經書上所寫的文字。

「好……很好，我就看看你們，要怎麼屠神！要怎麼屠我這個『罪人』！」

莉絲張開手，正要掃出破壞性力量時，她的身影閃爍了下，整個扭曲了起來。

「阿克雷！」

隨著憤怒的尖叫聲，女性的影像突然破碎消失。

「琥珀讓系統病毒運行了。」伊卡提安呼出口氣，「花了些時間把我們這邊協助的相應程式也輸入，總算奏效。」

「你還好吧。」沙維斯看著青年的額頭已經開始冒出冷汗，唇色變得很蒼白。

「不好，你們可能得讓我留在這裡。」伊卡提安估算了下，確認自己的傷勢無法負荷接下來的行走與打鬥。「刀裡面有毒，雖然用了解毒劑，但短時間內很難快速移動……」

話還沒說完，他整個人突然一個被抬高，接著就被揹了起來。

「帶路，別浪費時間。」

沙維斯甩出電光，打散了還想撲上來的黑影。

□

「吃虧了吧。」

琥珀坐在白色的小房間內，看著面前的女性，勾起冷笑。「蘭恩家不是軟柿子，他們只聽從『我』的指令，哪怕我要他們去死，他們也絕對不會眨一下眼立刻了結自己。」幾百年過去了，唯有蘭恩家族沒什麼變化。

「你眞的下過要我死的指令嗎？」莉絲惡狠狠地瞪著少年。

「『我』沒有，阿克雷當然也沒有，但是在我們之間的『其他人』我就不知道了。將記憶洗清的是妳，我想妳也沒留下太多記錄吧。」琥珀思考著，他的性格與阿克雷相差極大，那也就表示在這之間的其他「自己」也布置下其他的準備，這當中少不了蘭恩家族的輔助，所以有誰留下了相關的消滅指令，就不太令人意外了。

換成今天的他，看過這樣的莉絲，同樣也會。

阿克雷記憶中深愛的女性並不是這樣子，被仇恨扭曲之後，已經成爲另外一種存在，不再是往日母艦上那般天眞單純，一心一意想帶著人類到達新世界的那美麗少女。

朦朧的過往記憶中，女性曾經毫無仇恨，只有夢想與心願，笑聲如鈴地站在千百萬人面前，對著黑暗星河發誓新世界即將到來，世界將會開始光明。

自然，這也不能責怪莉絲，如果沒有發生阿克雷被殺害的事情，也沒有發生第一家族被覆滅的往事，這世界會如同他們所預期的，成爲眞正的新世界。

琥珀捂著胸口咳嗽了幾聲，嘴裡充斥著血腥的氣味。

「你再得意吧，也得意不久了，你這身體不斷被我重新啓動，沒有一開始那麼容易負荷第一家族的力量。」莉絲環著手，從高處俯看著少年，「誰教你沒有一次乖乖地合我意，否則就可以少受這麼多次痛苦，作爲丈夫和兒子，都不合格。」

「作爲妻子和母親，妳也不一定及格，哪有母親一直讓兒子崩潰死去，也沒有妻子讓丈夫一次次銷毀。」琥珀擦掉嘴唇上的血，譏諷回道：「恐怕我不管死多少次，妳都不會有任何感覺吧。」

「你覺得我能有什麼感覺嗎？一顆被分解完身體的腦子，連心都沒有了。」莉絲不以爲然地說：「你……」

莉絲的話還沒說完，影像突然一陣扭曲，像是被某種訊號干擾。

「啊，來了。」琥珀站起身，張開手，上頭出現湖綠色小光球，短短幾秒的時間，白色房間的關押授權已經解除，側邊打開了原先緊鎖的門，接著有人往他這邊撲過來。

「琥珀！」

衝第一的青鳥直接一把抱住自家弟弟。「沒受傷吧！」

「……沒事。」把矮子從自己身上剝開，琥珀看著後頭站在外面走廊的人，然後回過視線看著影像不斷跳動的女性，「讓蘭恩家把鑰匙也帶過來，不是因為要讓母艦重新復甦，而是把所有禁制都解除之後，系統重新啓動，我才能從中改變『阿克雷』設下的各種程式，母艦在沉睡時，這些事情是怎樣都辦不到的。」

「你以為蘭恩家的副主機能夠敵得過第一家族的主機嗎？」莉絲變形的面孔露出猙獰的笑，「那是你自己設下的，第一家族的主機擁有絕對優先權，且不被所有家族干擾，更別說你的記憶和能力根本沒有承載完畢，就算能暫時提前開啓，短時間內也無法整合，你怎麼對付得了完整的你設下的絕對系統！」

「嗯……知道結局可能會發展成這樣的時候……」琥珀淡淡笑了，「我就把記憶全部開放了，也就是這幾天的事情，對於蘭恩家來說，要用最快的時間整合記憶和力量，不是難事。」

難的其實只在於，必須要用多少生命去替換而已。

「阿克雷！」莉絲發出怒吼。

接著她再也發不出聲音，細微的電子噪音瞬間劃過，女性影像便消失在所有人面前。

「失禮了，但是我們還在趕時間。」被沙維斯揹著的伊卡提安伸出手，相同的綠色系統在他手上運轉。

「你還好吧。」琥珀走上前，示意沙維斯先將人放下，稍微檢視了青年的傷勢。

「體力還在流失，可能是神經毒素作怪。」伊卡提安很老實地回答。

「這不用花太多時間，忍耐一下。」琥珀蹲下身，放了片藥錠在嘴裡咬碎，將手放置到青年腹部上，「我有預備能快速治癒的能力，但是用不了幾次，你們儘可能少受一點致命傷吧，真死了我也沒辦法。」

說著，他再度移開手時，被影鬼貫穿的嚴重傷勢已然痊癒，只剩下衣服的破口顯示曾經遭過重擊。

「很抱歉，消耗了你的生命力。」伊卡提安快速翻起身，確認了身體狀況，那些蔓延的細微毒素也都被清除乾淨。

「也不差這些了。」琥珀閉上眼睛，等一波暈眩過去後，轉看向滿臉不安的青鳥，「事實就是如此，我改變不了，其他人也改變不了，但是我會儘可能讓時間能夠支撐久一些。」

青鳥揉揉眼睛，一把握住琥珀的手掌，「嗯。」他無法問，也無法要求琥珀什麼，他甚至連第一家族是什麼鬼東西都不曉得，只能握著少年的手，希望自己的生命能就這樣分過去給對方。

這次沒有甩開青鳥的手，琥珀只是抬起頭環顧著身邊的人，將下一步說出來：「蘭恩家有針對母艦研發多年的病毒系統，母艦所有程序啓動之後，我們會將病毒全部植入每一個數據當中，藉此改變阿克雷原先設下的絕對模式，只要能改變三分之一，我就能重新設定母艦的系統，接著我會發動雙騎士。」

「等等，雙騎士？」青鳥愣了下。

「嗯，母艦太過龐大，資源也太多，很難完全消除，就算我將所有授權重新設定到阿克雷的系統下，之後我們要面對的就不僅僅是莉絲，而是必須對抗整個星區和所有勢力，勢必也要牽連蘭恩和沙里恩。所以我想逆向發動雙騎士，一口氣破壞掉整艘母艦，毀掉整個系統主機，或許這樣才是最好的解決方法。」琥珀轉向其他人，問道：「你們會幫我嗎？」

「蘭恩家任由族長差遣。」伊卡提安立即回應，「蒼龍谷與荒地之風聚集在第七星區，等候你的指令。」

「如果是這樣，確實是最好的辦法。」黑梭和大白兔對看了眼，點點頭，「母艦的確不存在比較好，人類的資源夠多了。」

「我也認同。」沙維斯自然也不想看見母艦落入任何一個勢力的手裡。

現在的星區少了空氣的限制，遲早會回到先前高科技狀態，屆時又會開始掠奪與爭鬥，母艦及上頭所搭載的系統、兵器與人造人，確實都不該再出現在人類世界會更好。

「阿克雷，恐怕沒有這麼簡單就讓你達到目的。」阿提爾的影像浮現在眾人面前，憂心忡忡地打開了幾個畫面，「莉絲知道你想反向炸毀母艦，那些竄進七大星區的人造人已經釋放出很多這種影片了。」

畫面上的是人造人公布了琥珀等人的影像，宣稱這些能力者已經入侵到母艦中心，即將取得母艦所有資源，並利用這些來控制人類社會，由琥珀這名邪惡的「頭腦」所帶領，被蒙蔽的頂端能力者們也利慾熏心，打算把一切都佔爲己有，與自己身邊那些知道陰謀的人自私分享，末了直接附上了一行人在母艦內的影像，正好是他們破壞人造人的樣子，顯得煞有其事。

這些影像以很快的速度流傳在所有情報網上，不用多少時間，除了琥珀，在場的大白兔、黑梭、沙維斯、伊卡提安，甚至是青鳥和波塞特父子的樣貌，都被放上高價懸賞的榜單當中。

所有關於他們的身家隱私資料也被無一不漏地挖掘出來，完完全全曝光在整個世界面前。各式各樣的留言與交換情報正快速刷新有關他們的事情，當然也出現不少貪心的垃圾人已經準備聚眾來收取相關者的腦袋，好去領換賞金。

「學長，你的……」琥珀看見青鳥是雪雀之子這樣的祕密也被暴露出來，很擔心青鳥的反應。

「沒事。」青鳥鎮定地開口：「沒關係，我相信雪雀。」

他的母親既然說是她的事，那也表示她做好準備會有這一天，青鳥思考雪雀那日的話，不知怎地就認爲雪雀不會因爲這樣倒下。

她比較可能的是變本加厲去算計那些想要害她的人，然後讓那些人知道什麼叫作用血和命換來的後悔。

「波塞特可能會大抓狂就是，他很討厭外人牽扯到海特爾。」比起自己，青鳥覺得另外一個夥伴估計會氣得暴怒。

「沒錯，我要大抓狂了。」

青鳥才剛說完，周遭溫度提升好幾度，這才發現波塞特不知道什麼時候已經回到走廊上，往他們走近，臉色很陰狠，「竟然敢扯上海特爾，我要把這艘船裡的渾蛋東西都燒成灰！」曝光他的身世就算了，還把海特爾的狀況也扯進來，那個沒力量的傢伙只能他欺負，外人通通不准。「琥珀弟弟，離開這裡之後你可得給我做一個程式，敢在上面批評和牽扯到海特爾的人，通通給我找出來，我要一個一個找過去，讓他們知道什麼叫作洗心革面重新做人。」

「我也要一份。」弗爾泰偏向讓那些人投胎重新做人比較快。

「……讓蘭恩家用最快速度壓制這些資料。」琥珀向伊卡提安說道。

「不然我怕世界人口會直接少一半。」

短暫的說笑告一段落後，他們呼了口氣，重新打起精神。

大量人造人往此處聚集，沙維斯與波塞特也很明顯感覺到屬於噬和影鬼的力量正往這邊逼近，莉絲是打定主意要把他們全部擊殺了。

不過讓沙維斯更加注意的是突然暴增在母艦外頭的能力者們，影像流傳之後，基本上已經宣告他們是全世界的敵人了，所以人造人已經不再是最大的問題，現在最致命的，將會是莉絲即將刻意放進來的各路殺手，甚至普通百姓。

「我和伊卡提安連上蘭恩家的主機，放置病毒到影響母艦系統，初步最少需要耗費三個小時，這只是第一步，你們能爲了我們去對抗整個世界嗎？」琥珀自然知道這是搶時間的時刻，但是一整艘高科技母艦，還是出自於阿克雷與蘭恩家族的最高傑作，不管怎樣都不是眨眼就能完成的事情。「不行的話，就快逃吧。」

「不過區區三個小時……啊不對，是開頭。」波塞特笑了笑，「反正只是當個區區反派，我的火一整天都可以幫你點燃，只要你保證破壞掉所有威脅，讓海特爾能在這世界繼續活下去。其他人的親朋好友，芙西也會幫忙。」他深知白船的船員們不會放任外人傷害自己人，當然也會協助幫忙自己人的身邊人。

「我保證。」琥珀看著青年，「不要讓任何人干涉我們，我保證海特爾會繼續活下去。」

「好，你說的。」

波塞特笑著一轉頭，帶著烈焰的拳頭直接揍上撲向一邊夥伴的人造人，劇烈高溫當場將堅固的人造人燒成灰燼。

「送你們到你需要的控制室，剩下的交給我們，還有整個烏爾。」弗爾泰將自己的命令傳達到各地遍布的所有烏爾據點當中，「能保護的相關人士，烏爾會協助保護。」

「還好我們身邊已經沒什麼親朋好友了。」黑梭笑了下，那些資料上關於他活著的親友眞是少得可憐，和大白兔一樣，看起來有夠邊緣人。

「是的，幸好我們非常地孤僻。」大白兔點點頭。

「蒼龍谷與荒地之風的人會將靠近第七星區的人儘可能攔住，不過在這之前，第七星區內亂時便已經有許多人入侵，我會讓其他人最大化地排除這些。」伊卡提安淡漠說道。幾道風極速掠出，絞碎了整條走廊上的人造人，打掃出乾淨的路線。

「嗯，那就這麼辦吧。」

琥珀邊走著邊開始在空氣中運算大量程式，快速跑動的數據不斷連結上系統，侵蝕著那些爲了保護第一家族設下的複雜屏障。阿克雷那時候估計沒想到保護人類的第一家族會被毀滅，變成毀滅世界的惡神，安全屏障設得死緊，就和結合雙兵器的七大星區系統一樣，幾百年後人們還是很難完全解除。

如果阿克雷在自己面前，琥珀還眞的想把他按在地上暴打一頓。

雖然繼承他的記憶，然而要在最短時間內解開這些耗費數年甚至數十年完善的東西還是另一回事，困難得要命。

挑戰自己眞不是件好事。

幸好解除到一定程度就可以利用雙兵器逆向破壞系統，不用像以前逛別人系統一樣，還要留點後路，所以用病毒逐一吞噬並破壞反而加速了不少進程。

把琥珀和伊卡提安送進蘭恩家的控制室後，大白兔讓黑梭與青鳥留在原地。

「這最後一扇門，只能交給你們。」大白兔說道：「黑梭能很遠就察覺敵人進行壓制，青鳥……在下認爲由你陪著琥珀是最好不過的事情，外面的一切，由我們來吧。」

「大俠……」青鳥雖然眞的很想待在距離琥珀最近的地方，但是也不想放著其他同伴去面臨最大的危險。

「放心吧，作爲大魔王的手下，我們會很盡力發揮的。」波塞特拍拍青鳥的肩膀。

青鳥看著幾個人，突然有種預感成眞的感覺。

他家弟弟，眞的成了大魔王了。

「走了。」

波塞特鬆開手，笑著打過招呼，「魔王軍出發。」

大白兔抖擻了下耳朵，就像每次他要執行處刑者任務時，在心中默唸著那段伊卡提安才剛說過不久的話——

這個世界充滿了虛偽與違反的罪惡。讓我手握著懲罰之火，將火焰降臨於罪人之身，淨除不需之惡，願主保佑。

《兔俠　卷九．第一家族》完

番外▼微光

這個世界，是帶來希望的世界。

就如同每個人所知道的，人類在母星滅亡之後逃入了星河當中，在黑暗與絕望之際，光神帶來了一線希望，如同夜晚中的光亮，將殘存的人類帶領到新世界。

而人類，開始堅韌地在希望中生存下去。

即使多麼絕望，在黑暗中總是會有光明。

這是蓓莉．安卡所堅信的事情。

□

她從出生那天起，就註定與孱弱爲伴。

新世界曾擁有過往母星帶來的進步醫療、科學，加上後續數百年的各種發展，把人類再次推向所有種族的制高點，幾乎如同神般支配大地。然而，這份無比的力量卻在一場戰爭中被破壞，人們必須封印那些高科技，重新習慣倒退數百年的落後生活，就連想要好好使用個火，都極其不便，一個不小心還會引起致命的毒霧傷害。

曾經成為神的人們，跌回地上重新變人，用自己的腳踏在土地上乖乖行走，緬懷過往的那些輝煌。

即使如此，醫療還是讓人類的壽命延長了許多，以及免受諸多病害傷疾。對於那些會傷害身體的東西，人類會盡量優先處理，所以星球上的人口已遠超過剛到達的時候……如果沒有爆發戰爭，現在應該所有星區上都滿滿是人吧。

不過在如此進步的科技中，人們卻無法處理人類創造出來的污染源。

污染源並非單一形成，如果是單一，那所有事情會簡單得多。很可惜，世界並不這樣盡如人意，尤其這是人類自己創造出來的罪惡，在這種時代，如同報應般讓人們束手無策。數百年前的科技與系統中包含了許多古代污染源的分析，不過人類無法將那些已遺失的資料找回，複雜的資訊斷層讓人們難以應對。

蓓莉的母親是尤森．安卡的妻子。

安卡家曾是古老家族中的其中一脈，古姓埃卡。歷經數百年的衰退與權力鬥爭，安卡家再也不是領導者，而是輔佐者。現任的尤森，在安卡家有很好的地位與名譽，從年輕時便揹負了許多責任，致力改善第七星區與家族。他必須常在各地東奔西跑，了解各式各樣大小事情，上至星區聯盟軍政務，下至地方百姓的農田水利……也因為如此，在一次出訪中發生了變故，和當時已經論及婚嫁的女性誤觸了污染源，當時的判斷是輕度污染，無傳染性、也不致命，如果好好配合治療還可像普通人一樣擁有漫長的壽命，於是兩人就這樣安定了下來。

尤森沒想到的……不，或許有想到，也已經做好最壞的打算，他準備了一切，還是迎來了異常虛弱的女兒。

比同年齡孩子瘦弱，學會走路也整整花了幾乎五年的時間，使用許多藥劑，最後才有同齡大小孩子的骨骼發展；經過了許多治療，才有足以支撐自己的肌肉與力氣，每天都是大把大把的藥，才能讓她順利嚥下食物而不嘔吐，日復一日地，脫離不了那些附加品。

即使如此，蓓莉還是對未來懷抱著希望。

畢竟，像她這樣的人，很多早已不在世界上，而她卻還存在著，可以曬一點點陽光，可以感受到吹來的風，可以嗅到庭院裡父親特別為她栽種的花香。

這樣很好，一切都很好。

「我的小淑女，今天是不是有榮幸能請妳跳一支舞？」

身體狀況很好時，她會看見父親微笑地站在門邊，打扮得正式端莊，然後做出邀請姿勢，等待她把手放上去，兩人一起在屋內翩翩起舞。

父親是非常體貼的人，從來不像其他僕人般露出憐憫眼神，就像看著其他正常人一樣對著她微笑，詢問她今天向家庭教師學到了哪些，爲她說說第七星區的事情，然後教導她未來如何使用安卡家傳承的一切智慧輔佐星區總長，讓第七星區的人們可以盡量過得更好一些。

第七星區的人太少，地太廣，資源不夠豐富，科技遠比其他星區落後，卻有自己一套與莉絲共處的運作方式。

在別人眼中這都是缺點，在尤森眼裡這卻是最大的優點。

尤森告訴她，這也是埃卡家分歧的原因之一。

身爲古老家族之一的埃卡家並不特別推崇科技發展，反而與蘭恩家較有共識，希望人類能不依靠科技在新世界存活下去。但從第二代開始，家族內部起了質疑，無法理解爲何要做如此堅持，人們既然發展了科技，便該因應時代變化而進化自己；所以家族分裂成兩部分，在各種利益與理念不合的衝突下，埃卡家漸行漸遠，最終被時間所掩滅，只剩下安卡家族。

不過即使是安卡家族，至今仍有著與莉絲共存的自然一派，以及現在散落在其他星區、想要恢復高科技社會的另一派。

無論如何，都不要怪自己的家族，不管是共存或是科技，埃卡家的人都是希望人類能夠在新世界活下去，緊握著光神帶來的希望，一代一代地繼續。

尤森這樣對她說著。

所以她也不會怪自己的母親——她美麗的母親不斷向她道歉，落下無數的眼淚，痛恨自己成爲污染者。

她請母親不要難過，她很滿足自己能擁有一個身體，就像人類在黑暗與絕望中擁有新世界。

新世界並不如人類想像的美好，最初時人類必須進行很多改造，才成爲人類可以居住的環境。而她的身體一定也是，只要好好努力，總有一天也會成爲她的「新世界」。然後她會幫忙父親，讓第七星區的人們可以過得更好。

比起其他同樣遭遇的人們，她已經得天獨厚，她擁有的家庭背景足以治療她、延續她的生命，而不是任她在出生的當下死去，讓她有機會可以看看這個世界，哪怕只是世界一角，她的的確確也觸摸過、存在過、行走過。

她還能跳舞，還能品嚐食物，還能在禮儀課中與嚴厲的教師一點一滴地學習。

她已經擁有太多的希望之光。

□

隨著年齡增長，蓓莉的身體依舊沒有太大起色。

軍方的藥物只能讓她維持一定狀況，不至於喪命，但也不會好到哪去。尤森甚至私下探訪許多藥師尋求幫助，但對於污染源遺傳造成的虛弱，依舊沒有任何人可以完全治癒。

期待的十三歲生日當天，就在一場高燒下取消了她期待已久的慶祝派對。

從黑暗中清醒時，她聽見父親的哀嘆聲。

非常、非常悲傷的聲音。

醫師宣判了她的死期，但她活得已比所有人預料的還要久，所以她一點都不難過。他們都還有時間，她知道有多久可以好好過她的生活，這已是最奢侈的光明了。

「妳不痛苦嗎？」

坐在花園時，陌生的聲音從身後傳來，她慢慢回過頭，看見的是照顧自己的女侍們倒臥在階梯邊的畫面，站在那裡的是讓她覺得陌生卻又熟悉的面孔。

啊啊，如果自己很健康的話，或許就是這樣的女孩。擁有強壯的四肢與結實的身體，精神奕奕，充滿了生命力。

「我可以立即結束妳的痛苦，不用太久，馬上就過了。」從腿側揮出短刀，女孩如此說道：「反正妳的人生也沒什麼價値，最後就發揮一下效用吧。」

刀尖刺進胸口時，她很害怕，但並非害怕死亡，而是自己再也看不見那小小的希望之光。

原本以爲自己會這樣從此死去，連遺言都還來不及交代，此時女孩突然停下動作，與自己非常相似的面孔出現了一絲不知所措。

「妳都已經快死了……」

和她差不多年紀的小女孩囁嚅地說道：「我下手很準，妳不會感到太多痛苦。」

對方並不是第一次殺人，蓓莉看得出來，但她肯定是第一次殺「和自己很像的人」，所以有所遲疑，畢竟看著幾乎與自己一樣的臉掙扎死去肯定不是什麼愉快的體驗。

「但是我不想死。」她露出微笑，在對方那雙健康的眼睛中看見自己殘破不堪的倒影。

「不行，妳不死，我們會很麻煩的。」女孩眼神一沉，露出眞正的殺意。

「妳是想要來取代我嗎？所以我一定得死才行？」蓓莉雖然感覺背脊發冷，也能感受到死神的手指正輕輕刮過自己的靈魂，但她還是笑著，「既然我必須死，妳能告訴我妳想要做什麼嗎？像我這樣的病人，本來也活不久了，妳能說說妳的事情，就像姊妹一樣？」

「我沒有姊妹。」女孩本能地皺起眉頭。

「我們長得這麼像，也可以當臨時的姊妹呀。」感覺到對方戾氣似乎減少些許，她慢慢說著：「既然妳想取代我，爲何我們不能多聊聊，了解彼此的事情，這麼一來，當妳取代我時，就不用去憑空想像另外一個人了。」

「我知道妳的事情。」女孩立刻說道：「我手上有妳全部的資料，也觀察妳很久。妳每天早上醒來第一件事就是先喝一杯溫水，因爲妳半夜常常會乾嘔，妳討厭喉嚨裡胃酸的氣味；接著要吃一大把抑制藥，然後才是早飯，要溫和不刺激的食物，不能加太多調味料，全部都得清蒸水煮，看起來難吃死了。」

「對呀，眞的不好吃。」蓓莉嘆口氣：「別人的餐點總是有好多種煮法，吃得又香，但我卻不能體會這種滋味。父親曾經沾了一些醬料在湯匙上，薄薄的一層，我覺得那是世界上最美味的東西，但只夠舔那麼一下，再也不能吃了。」因爲吃完她就胃痛，那些鮮明甜美的味道像是刀片一樣切割她的內臟，接著就被醫生下了禁令。

女孩咬了咬下唇，繼續說道：「然後很無聊，不是看書就是在庭院曬太陽，要不就是一堆醫生圍著妳。中午也是吃了很多藥才吃飯，看起來還是很難吃的東西，接著又去庭院看書曬太陽，不然就是去書房和個人教師一對一上課、學禮儀。有時候妳父親會爲妳找一些樂隊、雜耍團，接著又是一樣無聊的晚上，睡前房間都得熏上濃濃的藥草熏香，妳還是得吃一大堆藥，接著才能睡覺。」

「是的……每一天都是這樣，看來妳眞的很了解我的生活，這也沒辦法，我的人生就是如此，既無聊也吃不上好吃的東西，只要簡單觀察幾日，誰都能掌握我的作息。」蓓莉露出苦笑。她也想要像其他人一樣，唱歌跳舞，精力充沛一整日，不用上課上到一半因爲胸口疼痛而送走滿臉歉意的老師。

「過得這麼慘，還是快點死一死早解脫得好。」女孩想了想，覺得其實自己也算是做好事，這種全身是病的人繼續這樣殘喘苟延只是痛苦而已。

「妳叫什麼名字呢？」她看著對方，「妳知道我，我卻不知道妳。」

「……美莉雅。」

女孩倒是很誠實地報上了自己的名字，雖然蓓莉有些訝異，不過很快就反應過來，「我們的名字也很像呢，如果妳現在無法殺我，能夠每天晚上來看看我嗎？」

「我殺得了妳！」女孩瞇起眼睛，再次高舉起刀。

就在這時，庭院外傳來眾多聲響，似乎外面的警衛發現了不對勁，很快衝了進來。

幾乎也在同時，女孩消失在蓓莉面前。

警衛們發現昏迷的侍女們，連忙詢問蓓莉是否有受傷，看見她的衣服上沾染少許血液，連忙找來許多醫生們。

接著，父親也來了，氣沖沖地要找出殺手。

她看著一片混亂，自己卻像置身事外。

那麼，今晚美莉雅會來嗎？

□

「妳眞不怕死嗎！」

深夜時刻，蓓莉僞裝熟睡騙過所有人、在侍女們退出房外後，她便坐起身看著窗外的星光，努力不讓自己睡著，等待著訪客。

終於，在萬物寂靜之後，女孩的聲音從暗處響起。

她床邊一沉，已經有人坐在她面前，黑暗中亮起了微小的光，只足夠兩人看清彼此的臉孔。

蓓莉有些開心，雖然是要奪取自己生命的人，但她不知道爲什麼就是覺得高興，能再看見美莉雅，她在害怕之餘，卻希望能與對方多相處點時間。

或許，這是除了父親以外，唯一不用憐憫目光看著自己的人吧。

「妳和我說說外面的事情吧？」

「爲什麼我要跟妳說啊！」

「拜託嘛～」

雙手合十，蓓莉很期待地看著美莉雅。

女孩翻翻白眼，露出受不了的表情。

蓓莉終於確定，眼前的女孩其實並不殘忍，眞正殘忍的人不會和她說那麼多話，而是在第一時間就割斷她的脖子，刺穿她的心臟。

「拜託我也沒用，我知道的全都是殺人打架，我們那和妳這種小公主的生活不一樣，只要任務沒有辦好，可能就沒腦袋了。」美莉雅沒好氣地哼了聲。

「唉呀，那妳沒殺死我，會受到處罰。」蓓莉垂下肩膀，「但我不想死，現在不想。」

「哼，我有預留一段時間可以觀察妳，哪知道妳生活太好掌握，根本不用花那麼多時間，多讓妳活兩天也還可以。」美莉雅轉開頭，有點受不了那張與自己很相像的臉露出小動物般的神色，就好像想要人摸摸頭安撫一樣，讓她很煩躁。

「那就是說每晚妳都能來陪我聊聊天？」蓓莉雙眼放光，拉著對方的袖子。

「誰說要陪妳聊天！」

「妳給我說說故事也行啊。」

「我不會說故事！」美莉雅揮開對方的手。

「那給我說說強盜團的事情嘛～～～」

「……妳怎麼知道強盜團！」美莉雅立刻警戒地向後一翻身，揮出刀，凝神戒備四周，預防有埋伏。

畢竟早上的動靜才被發現，現在外面全是嚴密的守備網。如果不是他們有自己的「方法」，要潛入這裡其實還眞不是那麼容易。

「我猜的。」蓓莉抱著棉被，放鬆了動作躺靠在枕頭上，示意對方房間裡並沒有其他人，「父親一直致力改善第七星區，他常說他得罪很多強盜，所以跑進來攻擊我們的話，我猜就是強盜團了，否則父親原本沒什麼敵人呀，他的人緣很好。」

美莉雅狐疑地盯著對方，過了好一段時間，才確認對方說的應該是眞話，於是她收起了刀，重新坐回床鋪上。

「強盜團是怎樣的地方呢？」蓓莉等到對方鎭定下來後，再次提問。

「一堆混帳，人吃人，只要想靠近我的人都得打斷他脖子。」美莉雅嘖了聲，「妳是不可能想像得到，四周都有噁心的男人想上妳，就連晚上睡覺時都要小心房門不被撬開，如果不是嗞保護我，那些垃圾人早得逞了！」但現在她長大了，有能力可以保護自己，高速能力發動時，她可以在眨眼間折斷不懷好意傢伙的手腳，對方太過分時，她就讓他們的腦袋轉向脖子後面，永遠沒有機會再摸她的衣角一次。

「嗞是……？」蓓莉歪著頭。

「我哥哥，我在世上的親人只剩下他了。」美莉雅側過身體，拿走床頭櫃上的點心。這些是下人準備給他們小主人，預防半夜肚子餓的零食，大多是水果，還有幾塊麵包。

「妳自己跑來這裡，妳哥哥不擔心嗎？」再怎麼看，女孩都和自己差不多年紀，蓓莉思考著那唯一的親人怎麼能放心讓她進入危險的地方。

「沒差啊，雷利陪著我……喂，雷利。」美莉雅抬起手，覆蓋在床上的黑影突然凸起了一小塊，接著形成小貓般的黑影跳到美莉雅肩膀上。

蓓莉都還來不及吃驚，就聽見那隻黑貓發出沙啞的聲音——

「別把我當成炫耀的東西。」

「沒有啊，只是跟這個小智障說你陪著我，我才不怕其他人。」美莉雅用力咬了口蘋果。

「這是什麼？」蓓莉非常興奮地伸出手想要摸摸黑貓，手指卻在接觸瞬間穿透。黑貓並沒有實體，眞的就是一大塊影子一樣。

「影鬼。」美莉雅倒也不怕對方問。影鬼可是很罕見的能力者，他們想要找都還不一定能找到呢。

「好棒呀，看起來眞漂亮。」蓓莉打從內心如此覺得，不過不知爲何，黑貓好像頓了下，接著才從美莉雅肩膀跳下，在兩人旁邊坐著。「這樣，你們兩個的任務沒關係嗎？」

「囉嗦啊，妳不是說不想死嗎！多讓妳活幾天，把妳知道的事情通通告訴我，敢把我的事情告訴別人，我就馬上殺死妳。」美莉雅有些煩躁地說：「還是妳現在就想死！那就殺了妳！」

「不，我想多活幾天。」蓓莉馬上舉起右手，「我向主神發誓，絕對不會把妳的事情告訴別人，連父親都不說。」

「嗯哼～」

「妳不用擔心我們，噬說過這個任務美莉雅想怎麼做都行。」黑貓再次發出粗糙的聲音。

總覺得黑貓好像是抱著好意告訴她，蓓莉露出感激的微笑。

她其實，眞的知道自己活不久了。

或許是主神聽見了她微小的心願，也憐憫她這可悲又乏味的人生，才會在最後讓她

認識了這樣的強盜吧。

黑暗中，亮起的微光雖然是死神逼近的腳步，卻也如此溫暖。

□

她們都沒有想到，夜間的短暫和平，最終維持了近乎一年的時間。

對殺手來說很長，對蓓莉來說，卻是太過於短暫。

這一年來，美莉雅幾乎每天深夜都會出現在她房間裡，坐在床鋪上，點亮只有兩人能看清楚對方的微光，而影鬼化成黑貓端坐在一旁，有時眞的像隻貓一樣在邊上蜷著身體。

蓓莉覺得自己能多支撐那麼久的時間，應該是因爲美莉雅帶來的藥物。

美莉雅很瞧不起那些聯盟軍藥師開出來的藥，不知道從哪裡帶來了一些抗污染的藥劑……後來雷利才解釋那是女孩硬著頭皮去向兄長討取，也不知道基於什麼原因，竟然眞的從強盜團那邊弄來了抗污染藥劑。

在深夜中服下藥物，蓓莉不知是精神上的安慰或什麼，眞的覺得自己好了些許，不再那麼容易發燒，早上醒來時精神也變得挺好，連父親都說她看來有血色多了。

雖然很想詢問美莉雅爲什麼要幫忙治療自己，但蓓莉知道只要問出口，女孩可能再也不會帶來藥物，所以她除了感謝以外，就不輕易探問。

她們對彼此越來越熟悉。

蓓莉逐漸得知美莉雅背後的故事，知道曾有那麼一個家族被葬送在背叛者的手中，扭曲成了強盜團。

他們爲了生存下去，年長的兄長像條狗一樣帶著年幼的妹妹棲伏於背叛者腳下，直到他們漸漸成長，實力越來越強，夥伴越來越多，終於成長爲不容忽視的團體，再也沒有人敢輕易打罵他們，將他們視作可供取樂的豬玀。

之後，她也聽了影鬼的故事，罕見的能力者並沒有自己想像的強大，而是遭受到很多痛苦與折磨，失去身邊所有親人，至今無法看見己身原本的模樣。

最後，她知道了關於家族任務的故事。美莉雅所知並不多，但很明確地曉得他們想要改變的是這個世界，還有維護家族的尊嚴，以及完成曾經的諾言。

蓓莉覺得，她慢慢明白美莉雅要殺她的理由。

那一個一個的晚上，她逐漸認爲自己似乎也該幫助美莉雅，因爲她的時間不多，而如果世界能夠改變，那能夠延長的是更多人的性命呢。

就這樣，四季過去，她們再次迎來初遇的那一天。

那一天特別漫長，而美莉雅沒有出現在她的床鋪上，微光也不再亮起，黑色的貓並沒有自黑影中走出。

清晨到來，蓓莉開始發燒。

原先像是被延長的壽命眨眼之間猛然極速消耗殆盡，冰冷的死亡氣息像巨大的被蓋包覆在她身上。

她吸不到空氣，胸口疼痛得像是火焰在燒灼。

旁人不知道灌進了多少藥、給她打上多少針劑，她慢慢平靜了下來，知道自己的身體會逐漸變冷，直到再也無法呼吸爲止。

意識朦朧之際，聽見了父親的哭聲及周圍的人一一向她道別的話語，但她聽不清楚那些在說著什麼，只覺得都是嗡嗡的聲音。

她努力想要聽清楚，卻越來越模糊，直到完全沉靜下來，陷入黑暗。

她懂得，她明白，她再也不會睜開眼睛。

人們從很久以前就已經準備好她的喪禮，大家會從一個個漂亮的櫃子中拿出白色的布蓋，一層層鋪在她的棺木之中，小心地把她發冷的屍體放進狹小的空間裡，擺上幾本她心愛的書，再放上她最愛的布偶，棺木中會放滿她所愛的花朵……全部都是她很早前就已經向父親說好的要求，她知道自己最後會葬身在哪裡。

屍體成爲灰燼之後，會永遠地和母親在一起。

她……再也不會有任何痛苦了。

不知道美莉雅的任務能夠順利完成嗎？

爲了能夠取代她，幾個月前美莉雅就開始捱餓，把自己餓瘦得幾乎快像她一樣，讓她有些不忍，畢竟那女孩原本如此健康啊。

眞希望她能夠多吃些東西，早日胖回去。

隱隱約約的，好像聽見了陌生男子的聲音。

「……妳確定……這樣做……嗎……」

「對！」

啊啊，是自己熟悉的女孩，她來了，不知是否像平常一樣，點亮了微光在自己身邊。

勉強自己睜開眼睛吧，最後再看看她一眼。

看看黑暗中爲自己說了一年故事的朋友。

那時候，不知道看見的模糊身影是不是幻象，就像平常一樣，女孩坐在自己身邊，摸著自己冰冷的臉。

在她身後，有個高大看不清模樣的人……雷利嗎？

不，黑色的貓在自己枕頭邊端坐著。

「妳不是想活下去嗎？」

微光在自己面前點亮，她卻已經看不清那張熟悉的面孔。

是的，她很想很想活下去。

再怎麼明白世界能因此得到救贖，美莉雅他們想如何改變世界，她都還是想要活下去。

每天睜開眼睛的那瞬間都美好得讓她想哭。

這個世界，即使只有庭院這般狹小，她也覺得很美麗。

她只是很想很想，緊緊抓住這片小天地的光，永遠在裡面曬著陽光，看看書，聽聽風吹的聲音，然後聽著父親微笑爲她述說各式各樣的事情。

她，好想活下去啊。

溫暖的手摸著自己的臉頰，她嗅到一絲血腥的味道。

「沉睡吧，妳閉上眼睛，睡吧……如果我們找到阿克雷……找到世界的黑島……說不定妳能夠再醒來……到那時候……」

美莉雅後面說了什麼，她並沒有聽清楚。

她只覺得很冷。

她能感覺有人將她抱起，放進某個冰冷的地方，極低溫度逐漸透入她的身體，凝結血肉，停止她的生命。

白色冰霧後面，好像還能看見美莉雅那張健康的面孔。

從今天開始，陪伴在父親身邊的，將會是充滿生命力的「女兒」吧。

如果可以……好好地疼愛她。

這個「她」，也在強盜團中過得很苦，所以很多事情都不明白。

她知道父親做得到的。

這一年來影鬼其實時時刻刻都棲息在影子裡監視著她，確認她沒有將強盜團的事情告知任何人，這點她知道。她當然不會天真到認爲強盜團會完全信任自己，必定在她開口那瞬間就會讓她流下血液。

不過美莉雅不明白，雷利也不會明白，親人之間其實還有很多種暗號與溝通的方式，她只是選擇真的不暴露他們。

父親啊，將會在他們最常一起閱讀的那本星區童話中拼湊出她的訊息吧。

她並沒有透露強盜的身分，只是告訴父親有個美麗的女孩夜夜陪著她，陪她度過人生最後一段路。

希望父親，能將對方當作自己，永遠地疼愛。

也許父親可能會認爲她是在說夢話、在黑夜中看見幻影，也或許父親能明白她的暗示。但那些都無所謂了，她只祈禱父親能繼續疼愛「她」。

「美莉雅……」

最後她擠出輕輕的聲音，弱得自己都無法聽清楚。

「保護父親……」

代替她，在世界將被改變的時候，維護她最重要的親人。

之後，她閉上眼睛。

那些外界的聲音不再傳進她的耳中。

「……妳時間拖太久了，對小的產生不必要的感情……哼……」

「反正她也都要死了，一樣完成任務！」

「隨便妳，就算凍結起來她也不一定能活，應該過兩天就死了。」

「那是我的事情。」

「接下來不允許失敗，妳會和老的處更久，不要再產生不必要的情感了，最後一樣都得死，妳覺得妳能冰得了幾個。」

「那是我的事情！」

「呵……隨妳。」

如果，她能再度醒來。

如果，她能再見到那抹微光。

那麼她將會……

〈微光〉完

國家圖書館出版品預行編目資料

兔俠. 卷9 / 護玄 著.
——初版.——台北市：蓋亞文化，2018.02
面；公分. ——（悅讀館 ；RE309）

ISBN 978-986-319-335-7（平裝）

857.7 107000098

悅讀館 RE309

兔俠 vol. 9 第一家族

作者／護玄
插畫／Roo 封面設計／克里斯
出版／蓋亞文化有限公司
地址◎ 台北市103赤峰街41巷7號1樓
電話◎（02）25585438 傳眞◎（02）25585439
部落格◎ gaeabooks.pixnet.net/blog
臉書◎ www.facebook.com/Gaeabooks
電子信箱◎ gaea@gaeabooks.com.tw
投稿信箱◎ editor@gaeabooks.com.tw
郵撥帳號◎ 19769541 戶名：蓋亞文化有限公司
法律顧問 / 宇達經貿法律事務所
總經銷 / 聯合發行股份有限公司
地址◎ 新北市新店區寶橋路二三五巷六弄六號二樓
電話◎（02）29178022 傳眞◎（02）29156275
港澳地區 / 一代匯集
地址◎ 九龍旺角塘尾道64號龍駒企業大廈10樓B&D室
電話◎（852）2783-8102 傳眞◎（852）2396-0050
初版一刷 / 2018年 2月
定價 / 新台幣 240 元
Printed in Taiwan

GAEA ISBN／978-986-319-335-7